LIVE BOOK
МОСКВА 2007

ОЛЬГА ЛУКАС

золушки на грани

УДК Р7
ББК 84.Р4
Л-84

Художник Владимир Камаев

О. Лукас

Л-84 Золушки на грани – М.: Гаятри, 2007. – 128 с.

ISBN 5-9689-0084-9
EAN 13: 9785968900845

Вот уже вторую неделю Золушка сидит за печкой и ковыряет в носу. Ей совершенно нечего делать. Злая мачеха и сестры режутся в карты на веранде и не зовут ее к себе, отец уехал в город на ярмарку, фея-крестная приходит на помощь только в безвыходных ситуациях, а сейчас у Золушки есть сразу несколько выходов: пойти на крыльцо и там ковырять в носу, перестать ковырять в носу и походить по саду, разбросать по кухне мусор, а потом его подмести. Золушка выбирает сад и гуляет там до самого вечера. Было бы не так скучно, если бы в саду росло хоть что-то, кроме репейника и крапивы, но по поводу оформления сада мачеха указаний не давала.

УДК Р7
ББК 84.Р4

ISBN 5-9689-0084-9
EAN 13: 9785968900845

Проблема Золушки

Вот уже вторую неделю Золушка сидит за печкой и ковыряет в носу. Ей совершенно нечего делать. Злая мачеха и сестры режутся в карты на веранде и не зовут ее к себе, отец уехал в город на ярмарку, фея-крестная приходит на помощь только в безвыходных ситуациях, а сейчас у Золушки есть сразу несколько выходов: пойти на крыльцо и там ковырять в носу, перестать ковырять в носу и походить по саду, разбросать по кухне мусор, а потом его подмести. Золушка выбирает сад и гуляет там до самого вечера. Было бы не так скучно, если бы в саду росло хоть что-то, кроме репейника и крапивы, но по поводу оформления сада мачеха указаний не давала.

Неожиданно всё приходит в движение. Отец приехал из города с важным известием: скоро во дворце будет бал! Сонное царство встрепенулось, мачеха и сестры кинулись умываться, прихорашиваться, наряжаться и придумали для Золушки тысячу милых поручений, которые она с радостью исполняет: ведь это только в сказке ее эксплуатируют бесплатно, на деле же Золушка получает за свой труд деньги, и весьма неплохие.

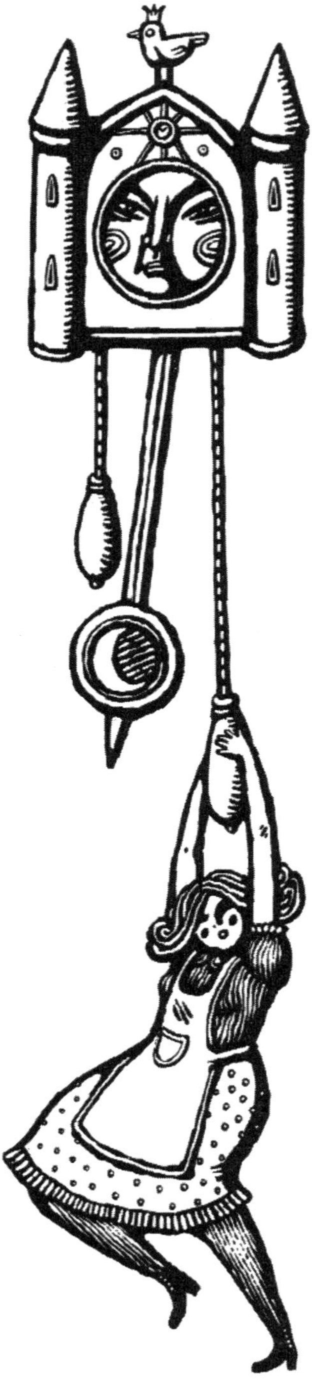

Выполнив все поручения, она информирует мачеху о том, что тоже не прочь съездить на бал, а то скучно уже бродить по саду и ковырять в носу, сидя за печкой.

– Золушка… Так-так, – роется в ежедневнике мачеха. – Сейчас-сейчас.

У сестер нет ежедневников, потому что они еще молоды и надеются на свою память. А отец Золушки моет машину в гараже – все-таки неприлично приезжать на бал на грязном кадиллаке, не Дикий все-таки Запад, а приличное королевство!

– О, Золушка! – вдруг оживляется мачеха, – Ну да, конечно. Ты сможешь поехать на бал. Ты непременно сможешь, моя девочка. Только завтра же у нас конец месяца. А до конца месяца – вот тут у меня все записано – ты должна перебрать два амбара зерна, заплатить за квартиру, за газ, за воду, а также за свет, посадить триста розовых кустов, переустановить Windows, вырастить три дюжины огурчиков и замариновать их, как я люблю, ну а потом, конечно, можно и на бал.

– И перешей мою синюю юбку, чтобы она на меня налезла! – пищит меньшая из сестер.

– А мне погладь брюки, да смотри, хорошенько! – басит большая.

При помощи феи-крестной Золушка, конечно, поднимает весь этот объем работ, но на бал ей уже не хочется, тем более, что из банки растворимого кофе получился довольно уродливый запорожец, а не прекрасный белый лимузин, как в прошлый раз, из тюбика зубной пасты.

Через день после того, как все семейство вернулось из города, Золушка просит мачеху очертить фронт работ на месяц, но мачеха все еще не отошла после поездки во дворец:

– Да отстань ты, до конца месяца еще целый месяц, успеется!

... Вот уже вторую неделю Золушка гуляет по саду. Можно, конечно, за печкой ковырять в носу. Можно сидеть на крыльце. Можно отсчитывать дни и часы, оставшиеся до следующего бала, когда мачеха вновь очнется и вспомнит обо всем, что Золушке надлежит сделать до конца месяца...

У Золушки в каморке припрятана жестянка из-под дорогих сигар. Интересно, из нее получится вертолет, чтобы улететь отсюда хоть куда-нибудь? На Дикий Запад, например.

Старые друзья

Слишком долго Колобок пел медведю свою песенку, так что лиса устала его поджидать и отправилась на поиски более лёгкой добычи. Приходит Колобок на условленное место – а лисы нет. Сидит под деревом какой-то барсук, ну что такое барсук против лисы? Ушел от него Колобок. И от лося ушел. И от кабана. И от африканского крокодила. И от полярной куропатки. Лиса тоже времени зря не теряла: от неё не ушел никто. Одинокая лиса и неприкаянный Колобок потом ещё много лет бродили по лесу, прежде чем пути их пересеклись.

– Привет, Колобок.

– Привет, лиса. Знаешь, если бы я встретил тебя лет десять назад, я бы наверняка попался.

– Знаю. Для начала я бы попросила тебя спеть мне песенку.

– Ну, а я спел бы. Я бы не смог тебе отказать.

– А я бы притворилась глухой: «А? Что? Не слышу! Сядь ко мне близко-близко».

– А я только об этом бы и мечтал! И сел бы, как миленький!

– И тут я бы тебя и слопала!

– Точно, ты бы меня слопала, а я бы даже не сопротивлялся.

– Да ну?

– Честное слово, мне бы это даже понравилось.

– Мне бы тоже.

Оба они молчат, вздыхая о несбывшемся.

– Но сейчас, знаешь, я уже не стала бы тебя есть, – продолжает лиса. – Ну, то есть, я могла бы, и мне бы даже понравилось.

– Да, я тоже мог бы, – кивает Колобок, – и сесть поближе, и песенку спеть. С большим удовольствием!

– Но это уже будет не то, – резюмирует лиса. – Это уже будет вполсилы, понимаешь? Потому что и ты знаешь, и я знаю, что можно прожить и без этого.

– Пожалуй. А ведь несколько лет назад я бы сам прыгнул к тебе в пасть!

– Может, оно и к лучшему, что мы тогда не встретились?

– Скорее всего.

– Ладно, чего томить официанта, давай делать заказ, – решительно говорит лиса и захлопывает меню.

– Ага, – копирует её жест Колобок. – Подойдите к нам, мы уже выбрали. Значит, салат с зайчатиной на первое, на второе филе волка, и медовую медвежью лапу на десерт.

– Мне то же самое. И посчитайте сразу, пожалуйста.

Несмеяна

В некотором царстве всё время шел дождь. Не то чтобы каждый день лило, как из ведра, но уж точно не было в этом царстве ни одной полностью солнечной недели! Поэтому жителям приходилось придумывать разные полезные изобретения, спасающие от сырости обувь, огороды и дома. И только настроение жителей царства было ничем не спасти и не исправить: все они от вечных дождей стали унылыми, печальными какими-то, и никто не мог их развеселить больше, чем на пятнадцать минут (придворный психолог специально засекал время и потом выступал по телевизору с обеспокоенной речью). Сколько ни надрывались многочисленные артисты и клоуны на улицах и площадях царства – ни в какую. Придёт народ, посмеётся пятнадцать минут – и снова в меланхолию ударяется, а некоторые ещё и в депрессию. А ещё в этом царстве, прямо во дворце, жила царевна красоты неописуемой. Её фотографии часто печатались на обложках разных модных журналов, даже иностранных. Но вот беда: если прочих жителей царства можно было хотя бы на пятнадцать минут рассмешить, то царевну – ни на секундочку! Старухи-сплетницы говорили, будто царевна-несмеяна целыми днями сидит в своих покоях и плачет, плачет, плачет – потому и дождливо в царстве. А плачет она, дескать, оттого, что нету у неё мужа, а пора бы! Окрестные царевичи, принцы и князья, поверив в эти сплетни, многократно раздувшиеся от пересказывания в дождливую погоду, целыми толпами съезжались во дворец, чтобы рассмешить царевну. Почему-то им казалось, что смех – самый простой путь к её сердцу.

На самом деле царевна-несмеяна никогда не плакала (и не смеялась, как вы знаете, тоже). Она сидела в своей комнате или гуляла по саду, или танцевала на придворной дискотеке всегда с одинаково приятным задумчивым выражением на лице. Понятно, что отбоя от кавалеров у такой прекрасной неземной девы не было, и царевна-несмеяна дарила свою благосклонность то одному, то другому.

– Стыд один, – басил папенька царевны, царь, стало быть. – А также срам! Ты бы хоть раз и навсегда выступила бы со страниц модного журнала да сказала, что не нужны тебе эти балаганы заезжие и царевичи худородные. Я в завещании уже написал, что моим наследником будет сын двоюродного брата Авдея, тоже царя. У Авдюхи много сыновей, ему не жалко. Живи как хочешь, я тебя неволить не буду, только избавь меня от женихов, а то я им головы рубить начну. Вот ей-богу, завтра же верну из ссылки палача, даже не поленюсь указ надиктовать и подписать!

– Ну что вы нервничаете, папенька? – без выражения удивления на лице удивлялась царевна-несмеяна. – Народ, как вы меня учили, требует не только хлеба, но и зрелищ. Так зачем же нам прогонять принцев с их смехачами, шутами и клоунами? Мне-то, конечно, они кажутся глупыми и несмешными, но людям нравится. И заметьте – нам эти представления не стоят ни гроша. Если я прогоню женихов, народ может взбунтоваться, а это так утомительно, когда народ бунтует.

– Ты права, моя красавица, – всякий раз соглашался царь. – Придётся терпеть этот срам. Всё-таки цирк лучше, чем революция.

А принцы, царевичи и королевичи всё везли и везли в дождливое царство своих смешных артистов. Однажды даже приехал такой принц, который сам сочинял весёлые истории и с выражением зачитывал их почтеннейшей публике. Истории у этого принца оказались – не в пример предыдущим – действительно смешными. Царевна-несмеяна, изволив выслушать их, даже несколько раз хлопнула в ладоши, а уж придворные-то как покатывались – те, кто поумнее, разумеется, а глупые за компанию смеялись, чтобы никто не догадался, что они глупые. Гогот стоял – на всё царство, даже шума дождя не было слышно.

– Ну, насмешил, – утирая слёзы, сказал царь. – Это ж надо так завернуть было! Вот умора.

– Благодарю вас, – поклонился принц. – Только вот дочери вашей, кажется, совсем не понравились мои истории, а я ведь так надеялся её развеселить!

– Отчего же, юноша? – ласково произнесла царевна-несмеяна. – У вас очень весёлые истории. Я бы с удовольствием послушала ещё.

– Так почему вы не смеётесь над ними? – чуть не плача, спросил принц (он почему-то был уверен, что всякий, кто не смог рассмешить царевну-несмеяну, отправляется прямиком на плаху, а не к себе домой).

– Ну что вы как сговорились все? – топнула ногой царевна. – Это мой маленький девичий секрет! Много лет назад старая колдунья из тёмного леса сделала мне пластическую операцию, чтобы я вечно молодой красавицей была. Только опыт у неё небольшой в этом деле был. И вот – издержки. Ни улыбнуться, ни заплакать. Но лицо вышло отменное, уже сорок лет как держится!

Сказки Гадкого Утёнка

Наступила весна, и птицы стали возвращаться из тёплых краёв в родные гнёзда. Пруд, на котором поселился Гадкий Утёнок, находился как раз на пересечении нескольких крупных воздушных магистралей, так что шанса избежать встречи с пернатыми насмешниками у него не было.

Всю зиму и даже часть осени (в этом году она выдалась уж слишком холодной!) Гадкий Утёнок старался не вмёрзнуть в лёд: плавал туда-сюда по замерзающей, но пока ещё тёплой полынье, а когда она скрылась под толстым слоем льда, улетел в ближайший город, где был неплохой канал, не замерзающий всю зиму. Вороны говорили, будто в этот канал сливают вредные химикаты, но кто будет слушать каких-то ворон? Гадкий Утёнок ещё летом наведывался сюда: химикаты были что надо – после них мир становился немного другим, а наш герой любил разнообразие.

Спрашивается – а почему же он на этом канале не поселился? Тепло, спокойно, заводы сливают в воду химикаты совершенно бесплатно, а если захочется домашней пищи, то можно долететь до ближайшей помойки, что возле заводской столовой, разогнать ворон и наглых чаек и полакомиться вкусными объедками. Часто Утёнок именно так и поступал.

– Шухер, ребята, Гадкий летит! – кричал, бывало, какой-нибудь наблюдательный воробей, и птицы покидали пиршество, хватали недоеденные кусочки и убирались прочь. Наблюдательного воробья в этой давке чаще всего затаптывали, а Утёнок выбирал из оставшихся объедков самые роскошные и обедал в одиночестве. Никто не хотел разделить с ним трапезу: уж больно он был гадок!

Но вот закончилась эта скучная, утомительная зимняя пора, когда даже смешные химикаты из канала уже не кажутся такими смешными из-за холода и одинакового белого снега, укрывающего землю, и Гадкий Утёнок вернулся на свой пруд.

Первая, самая ранняя стая прекрасных лебедей опустилась на недавно вылупившуюся из ледяного яйца воду ранним утром.

– Ну что, друзья, ничего так местечко? Взбудоражим городок? – спросил вожак стаи.

– А то! – отвечали прекрасные лебеди. – Только разомнёмся немного.

И они стали разминаться, плескаться, нырять и радоваться тому, что зима закончилась и они снова вернулись на родную землю.

Гадкий Утёнок сидел тем временем в зарослях камыша и внимательно следил за вновь прибывшими. Он так хорошо замаскировался, что лебеди думали, будто бы они на этом пруду совершенно одни. «Всё, сил моих больше нет, – вздохнул, наконец, наш герой. – Пускай меня заклюют эти прекрасные гордые птицы, но я должен всё им рассказать!»

Когда белый лебедь, ещё более прекрасный, чем те, что резвились в пруду, выбрался из своего укрытия, вся стая зааплодировала ему.

– Поглядите, кто к нам плывёт!

– Где, где?

– Да вон же, вон! Как он грациозен!

– Как строен!

– Как гармонично сложен!

Гадкий Утёнок поклонился почтеннейшей публике – о том, что он прекрасен, ему не нужно было напоминать, даже глупые городские вороны, даже опустившиеся помоечные чайки с этим не спорили.

– Добро пожаловать домой, братья, – хорошо поставленным баритоном сказал Гадкий Утёнок.

– И сёстры! – крякнули сёстры. На них цыкнули.

– И сёстры, да, да, конечно, и сёстры, – устало кивнул Гадкий Утёнок. – Всю зиму я мечтал о встрече с вами. Всю долгую снежную зиму...

Лебеди затаили дыхание. Всю зиму – шутка ли!

– Я страдал от одиночества, но знал, что зима рано или поздно закончится, и я смогу... О, нет... – Гадкий Утёнок картинно-устало провёл крылом по глазам.

– Ты сможешь! Ты сможешь! – поддержала его стая.

– Вы вправе осудить меня, – вздохнул Гадкий Утёнок. – Ибо жизнь моя так непохожа на вашу – правильную, добропорядочную и степенную. Я гадок, о нет, я омерзителен! Я недостоин находиться в одном водоёме с такими благодетельными птицами...

– Достоин! Достоин! – ревела стая. – Давай, рассказывай!

И Гадкий Утёнок, горько усмехаясь и надолго замолкая, рассказал им всё о своей порочной жизни на этом уединённом озере. Он не утаил ничего, ни единой подробности, но слушатели хотели продолжения.

– Извините, мои дорогие собратья, но я так утомлён, что не могу более продолжать! – взмолился Гадкий Утёнок. – Прилетайте сюда как-нибудь ещё, если захотите послушать исповедь оступившегося порочного лебедя.

– Мы прилетим, мы прилетим обязательно! – загалдела стая. – А теперь позволь мы принесём тебе самой вкусной и изысканной еды, какую только сможем найти в окрестностях этого пруда! Не откажи в любезности!

– Валяйте, – безразлично махнул крылом Гадкий Утёнок. – Сегодня у меня вряд ли хватит сил на то, чтобы отправиться обедать на помойку.

– Он обедает на помойке! О! – пришли в экстаз лебеди и обеспечили Гадкого Утёнка и в самом деле изысканной пищей, которой ему хватило на целую неделю.

А через неделю на пруд опустилась новая стая. Она плескалась и резвилась в его прозрачных водах, а потом из зарослей камышей выплыл прекраснейший лебедь.

– Вы можете заклевать меня, прекрасные гордые птицы, – начал он свой рассказ. – Но у меня нет более сил хранить молчание...

Его слушали, не перебивая. Каждому добропорядочному лебедю хочется хоть на мгновение почувствовать себя Гадким

Утёнком. Но на то, чтобы действительно стать таким, у большинства птиц чаще всего не хватает ни сил, ни смелости.

Всё лето Гадкий Утёнок только и делал, что рассказывал разным любопытным птицам истории из своей многогрешной жизни да объедался вкусными подношениями, даже потолстел немного.

Ну ничего. Скоро наступит морозная и голодная зима, и ему снова придётся вести исключительно гадкую жизнь, чтобы следующим летом было о чём рассказать этим перелётным простофилям.

Маленький принц и его амбиции

У одного маленького принца было очень маленькое королевство: оно ему от предков в наследство досталось. Когда принца принудили вступить во владение этим самым наследством, в маленьком королевстве обнаружились только долги, неоплаченные счета и непогашенные кредиты. Больше там ничего не было. Нет, вру. У забора росла крапива, а в заброшенном свинарнике доживали последние денёчки две исхудавшие до последней стадии дряхлые свинки.

Маленький принц первым делом, как проснулся, привёл в порядок своё королевство. Крапиву выкорчевал, а вместо неё посадил под окнами крошечного ветхого замка розу. Свиньям прописал усиленное питание, и через какое-то время оказалось, что вовсе они не престарелые хрюшки, а вполне молодые особи, так что вскоре всё королевство (кроме клумбы под окном, на которой росла роза) упорный принц засеял сочной травой. Только грязные лужи на заднем дворе засыпать не стал: в лужах очень понравилось нежиться свиньям. Так, благодаря хрюшкам, принц постепенно вылез из долгов, потом поднатужился и заплатил по счетам, а вскоре и кредиты погасил, и стал подумывать о том, как бы упрочить влияние своего королевства на международном рынке.

Принц был трудолюбив и расторопен: он и свиней пас, и на бирже играл, и даже пытался разведывать нефть на заднем дворе, где лужи. Если бы разведал – то непременно сам бы её и выкачал, ручным насосом, но нефть всё не разведывалась. Принц трудился с утра до ночи, но окрестные короли презрительно называли его «свинопасом», воротили носы и всячески давали понять, что его маленькое королевство ничего из себя не представляет. То же самое думали и обозреватели из заграничных журналов. Например, в «Рейтинге ста самых влиятельных королевств мира» маленького королевства не оказалось, хотя все известные люди (кроме тех, которым воспитание не позволяло) уплетали на завтрак, обед и ужин свининку из маленького королевства. Она считалась самой экологически чистой, вкусной и вообще – достойной королей и поп-звёзд.

Принц, уже не такой маленький, как в начале своей карьеры, но по-прежнему очень гордый, порвал в клочки иностранные журналы и стал бегать по заднему двору, потрясая кулаками. Его оскорбили и унизили. Так этого оставлять было нельзя!

Через несколько дней принц устал бегать, успокоился и выписал себе из соседнего королевства консультанта (за валюту).

– Давайте поскорее меня консультируйте, – сказал ему принц, едва поздоровавшись. – Потому что мне через полчаса надо будет свиней перегонять на другое пастбище.

– Ничего-ничего, – сказал консультант. – Раз уж вы мне заплатили в валюте, то я готов ходить за вами следом и давать вам советы и консультации. Можете не отвлекаться от работы.

И принц с консультантом отправились на пастбище. Консультант, проживший всю свою взрослую жизнь в столице большого королевства, воспринимал эту командировку как отдых в деревне, поэтому у него тут же проснулось вдохновение, и вскоре он уже нарисовал принцу схему вывода маленького королевства в первую десятку самых влиятельных королевств. Ну, или в двадцатку.

– А вот это вот – обязательно? – поморщился принц, подчеркивая пункт третий пятого параграфа.

– Обязательно! – строго сказал консультант. – Я бы даже советовал вам с него начать!

– Но ведь я один. И я разборчивый! – попытался обороняться принц.

– Вы хотите в десятку или вы не хотите в десятку? – разозлился консультант. – Делайте, что я вам говорю!

Всё дело в том, что в пункте третьем пятого параграфа значилось: «Для привлечения к королевству внимания широкой общественности жителям означенного королевства необходимо в день принимать участие минимум в сорока любовных интригах с жителями соседнего королевства».

И старательный принц, вздохнув, принялся исполнять указания дорогого заграничного консультанта. Он вытащил из кладовки все милые бесполезные безделушки, которые остались от прежних хозяев замка, вычистил их, некоторые даже починил, и отправился в соседнее королевство – там как раз жила очень любопытная принцесса.

– Ой, кто это, неужели Свинопас? – закричала она, чуть завидев принца. – Дяденьки пограничники, пропустите его скорее сюда, под мою ответственность.

– Мы уже пропустили как-то раз шпиона под вашу ответственность, – проворчали пограничники. – И нам за это был нагоняй от начальства.

– А если не пропустите – я вам головы прикажу отрубить! – показала язык принцесса. И принца-свинопаса к ней пропустили.

Любопытная принцесса сразу же заинтересовалась поющей матрёшкой, которую принц как бы случайно захватил с собой.

– Я хочу эту куклу! – закричала она. – Подари мне её скорее, иначе я пожалуюсь моему папе!

– Эта кукла досталась мне в наследство от бабушки, – вздохнул принц (на самом деле он не знал, от кого ему досталась эта кукла, но надо же было что-то сказать). – Мне будет жалко с ней расстаться.

– Ну, тогда давай я её у тебя куплю. Или хочешь – поменяю вот на это колечко? Оно мне тоже досталось от бабушки, такое немодное, ужас!

Принц, немного разбиравшийся в драгоценностях, чуть не согласился и всё не испортил: продав это немодное колечко, он смог бы прикупить себе половину соседнего царства, с лесами и выходом к морю!

– Если уж и менять на что-нибудь наследство моей бабушки, – превозмогая природную скупость, проговорил принц, – то исключительно на сорок поцелуев! Принцессы, или её подружек. Но не меньше сорока! Такова моя цена.

– А, да ты просто влюбился в меня! – засмеялась принцесса. – Ну что же, давай целоваться. Эй, девчонки, тут пришел влюблённый принц, он целоваться хочет! Дяденьки пограничники, отвернитесь, пожалуйста!

Каждый день, в строго определённое время, принц, с очередным подарком, подходил к границе то одного, то другого соседнего королевства и требовал от тамошних принцесс и знатных дам поцелуев. Впрочем, о других рекомендациях заграничного консультанта он тоже не забывал, и вскоре его королевство заняло восемнадцатое место в рейтинге ста самых влиятельных.

Принцессы и знатные дамы, целовавшиеся с «влюблённым свинопасом», тут же побежали на радио, телевидение и в газеты, чтобы рассказать, как они тайно встречались с хозяином такого крутого королевства, и благодаря этим признаниям маленькое королевство заняло пятое место в рейтинге самых влиятельных, что вполне устроило амбициозного, но не помешанного на вселенской славе принца.

Так вовремя вынутые из кладовки старые безделушки, оставшиеся в наследство неизвестно от кого, могут помочь в бизнесе. Это называется фэн-шуй.

Крёстная наносит ответный удар

Когда крёстная фея окончательно спятила, Золушке пришлось несладко. Раньше, ещё в детстве, все девчонки двора ей завидовали: фея помогала крестнице безболезненно прогуливать уроки, вытаскивать на экзаменах самые лёгкие билеты и избегать противных уколов в попу. Но теперь всё пошло наперекосяк. После очередного кризиса на рынке добрых услуг единственной целью старой женщины стало облагодетельствование Золушки. Как же, бедняжка так плохо живёт! Целыми днями занимается домашним хозяйством, ну какая, скажите, помощь от этих стиральных и посудомоечных машин, микроволновок и пылесосов? Из сил же дитя выбивается!

Дитя и вправду выбивается из сил – потому что мало кому удаётся так рано осознать своё предназначение, а ей вот повезло. Золушка хочет быть домохозяйкой. Да-да, самой обыкновенной, лучшей в мире домохозяйкой. Чтобы в доме её всегда было уютно, пироги на столе горкой, дети умытые по саду бегают. У Золушки и жених уже есть – соседский парень, никакой не принц. Скоро из армии вернётся – и они наконец поженятся.

Старшие сёстры тоже, на Золушку глядя, определились с призванием. Но им ещё учиться и учиться, а младшенькая уже всё умеет – даже самые сварливые старухи тайком ходят к ней подглядеть, как она готовит варенье. Словом, всё бы в жизни Золушки было прекрасно, кабы не крёстная.

Например – неделю назад – собралась Золушка вечером, тёплым июльским вечером, когда ещё не стемнело, но на улице уже приятно так похолодало, перебрать чечевицу. О, если бы вы пробовали Золушкину чечевичную похлёбку с букетом средиземноморских трав, вы бы поняли, почему ей так важно самой перебирать зерно. И вот, значит, крыльцо вычищено и выметено, только и ждёт, чтобы на него сели и наслаждались сельской тишиной и благостью, а ещё – шелестом чечевицы в полотняном мешке, Золушка заходит в амбар – а там, оп-ля, сюрпрайз! Вся чечевица как попало перетрогана, в бумажные пакеты пересыпана, вроде бы и сделано дело, но без души, без старания. Зато рядом записка приколота: «Отдыхай, крестница, резвись, тётя фея всю работу за тебя сделала. Лишь бы тебе было хорошо, такто. Твоя Ф.» Так и сидит Золушка весь вечер на крыльце, и никто её развлечь не может – ни мачеха, ни сёстры, даже письмо от жениха из армии радует, но не вполне.

В день, когда нарядный посыльный приносит всему семейству приглашение на бал, Золушка вспоминает все известные ей молитвы и просит каждое доброе божество не позволить этой информации просочиться в логово крёстной. Потому что Золушка на бал не хочет – это ведь будет её первый бал, а принц, говорят, очень любит приударить за каждой новенькой, такая вот у него королевская привычка. Но божества, понадеявшись друг на друга, просьбу Золушки не выполняют, и в назначенный день, когда всё семейство отправляется на тусовку, а сама девушка наконец-то принимается за давно намеченное благоустройство сада, фея-крёстная эффектно возникает в центре самой неухоженной клумбы.

– О, бедное дитя! Эти жестокие твари бросили тебя совсем одну на домашнем хозяйстве, а сами свалили на бал? – визгливым тоном спрашивает она.

– Нет-нет. Я сама очень рада, что избавилась от них, – приветливо улыбается Золушка.

– Узнаю характер твоей матери, узнаю. Та тоже всегда старалась казаться довольной и счастливой – вот и умерла слишком рано, от горя и лишений.

Мать Золушки погибла в автокатастрофе, и фея должна это помнить и лишний раз не болтать об этом, но она выжила из ума настолько капитально, что мелет, как дурная мельница, что придётся.

– Как вы думаете, крёстная, если вместо роз посадить гиацинты, это не будет выглядеть слишком строго?

– Я посажу розы, деточка. Не беспокойся. И гиацинты посажу. А тебе на бал надо. Тебя принц сразу приметит, точно говорю! Не будь я фея!

«Не будь ты фея – скольких проблем удалось бы избежать!» – думает Золушка. Но вслух ничего не говорит – если уж добрая тётушка втемяшила себе что-нибудь в голову, то не успокоится, пока не исполнит это так, как считает разумным. А разумными она, как на грех, всё чаще и чаще нарекает самые бессмысленные и безрассудные вещи.

Так что фея берётся за дело и при помощи волшебной палочки превращает в карету каравай хлеба. Да, надо бы тыкву, но у Золушки все тыквы, кабачки и патиссоны благоразумно припрятаны в погребе. Особенно патиссоны. Однажды, желая во что бы то ни стало отправить крестницу в летний лагерь, фея превратила ещё зелёный патиссон в летающую тарелку, и

Золушке просто чудом удалось избежать гибели от системы ПВО. Повезло, можно сказать.

Коней приходится делать из маленьких и круглых, как помпоны, домовых мышей (получаются пони), кучера – из кузнечика (получается андроид какой-то), но фея как будто не замечает этого. Она колдует над домашним платьем Золушки, вручает ей чертовски жесткие хрустальные туфли вместо удобных босоножек (мозоли обеспечены уже после первого танца) и отправляет в путь. И Золушка, оглядев на прощание невозделанный сад, садится в карету. Ничего не поделаешь – нельзя расстраивать крёстную, у неё ведь старое больное сердце. Стоит намекнуть ей на то, что вся её помощь, мягко говоря, не стоит выеденного яйца, и старушка может запросто откинуть копыта. А Золушка – добрая девушка, ведь всё у неё в жизни ладится (поскорей бы жених из армии вернулся!), вот она и терпит ненужные и вредные эти заботы. Иной раз сёстры по два часа делают ей расслабляющий массаж или мачеха отпаивает валерьянкой, когда фея бывает особенно в ударе, но – надо терпеть и прощать старикам их маленькие заскоки, да, все мы это знаем.

Оказавшись во дворце, Золушка прячется за колоннами и спинами рослых придворных дам, но принц всё равно находит её и приглашает на танец.

«Мне спасибо скажи, что он нашёл тебя, скромница ты моя», – раздаётся в ушах Золушки голос крёстной.

«Потерпи только один танец – и домой! – подмигивают Золушке милые старшие сёстры. – Мы отвлечём его, хоть это и противно!»

«Можешь воспользоваться нашим экипажем, тогда успеешь на свой любимый сериал». – sms-ит мачеха.

Какое счастье, что намерения Золушки ясны и чисты, а родня на её стороне. И жених из армии скоро вернётся.

Подарок Прометея

Освобождённый Прометей сразу отказывается от выгодной службы на Олимпе, потому что хорошо знает местные нравы: лет триста здешние шутники будут подходить к нему и, озабоченно покачивая головой или прищёлкивая языком, интересоваться: «Ну, как печень? Не беспокоит?»

«Пусть забудут» – решает Прометей и отправляется к людям.

Люди, согретые прометеевым огнём, перестали вымирать и мёрзнуть, изобрели массу изобретений, избавились от комплекса неполноценности перед своим благодетелем и теперь запросто приглашают могучего титана в кабак или в гости.

– Я бы предложил вам хорошо зажаренное мясо, – любят приветствовать его местные остроумцы. – Но боюсь, это будет вредно для вашей печени!

Они повторяют друг друга слово в слово, и каждый при этом думает, что замечательно пошутил!

Людские шутки не действуют на Прометея. «А зато ты смертный!» – злорадно думает титан и расплывается в улыбке.

«Надо же, наконец-то моим шуткам хоть кто-то смеётся!» – умиляется про себя смертный и обслуживает почётного гостя с удвоенной любезностью.

В кабаке ли, в гостях, Прометея просят рассказать о том, как он висел на скале, какие муки претерпевал и как потом был освобождён. Послушать его приходят люди из дальних мест, так что история о ком-то, пригвождённом к чему-то и претерпевающем за людское благополучие страшные муки, в разных уголках мира пересказывается по-своему, в зависимости от местных обычаев и способов казни.

Прометей тоже не сидит на месте, изучает людей, дивится их изобретениям. Народы мира, хоть и сменили шкуры на вполне цивильные костюмы, не сильно изменились в остальном, и Прометея даже слегка утомило их общество, пока он, наконец, не почувствовал, что пришла пора возвращаться на Олимп. Он бы и вернулся в тот же миг, оборвав на середине почтенного какого-то старца, явившегося издалека, но титан не привык приходить куда-нибудь без подарка. А найти подарок для бессмертных богов сложнее, чем кажется наивным людям, привыкшим приносить в жертву всё, что кажется привлекательным им самим.

Однажды, ночуя в доме у какого-то лавочника, Прометей просыпается слишком рано, ещё до рассвета, от страшного звона в ушах. Перебирая в памяти всё, что он вчера пил и курил, Прометей приходит к выводу, что звон ему не примерещился и не является следствием злоупотреблений и излишеств.

В самом деле, выйдя на кухню, он обнаруживает за столом всё лавочниково семейство, уныло поедающее свою кашу.

– Я слышал какой-то странный звук, разбудивший меня. Если началась война – я смогу помочь вам в благодарность за ваше гостеприимство.

– Тебе бы только воевать, – вздыхает хозяин. – Нет никакой войны, расслабься, просто нам пора на работу. А та штука, которую ты слышал, называется «будильник». Очень полезное изобретение – для тех, кто хочет стоять в лавке раньше, чем придёт первый покупатель.

– Ужас какой! – искренне всплёскивает руками Прометей. – И вы вот так, каждый день, вскакиваете ни свет, ни заря по этому звонку?

– А ты что-нибудь другое посоветуешь? – мрачно интересуется хозяин, – Может, притащишь нам с неба волшебную будилку, которая будет ласково щекотать нам пятки и брызгать в лицо какой-нибудь бодрящей ароматной жидкостью?

Прометей знает одну бодрящую ароматную жидкость, она называется – нашатырь, но этот человек был так добр к нему, что просто не заслужил подобного подарка. Затем мысли титана принимают другое направление.

– Скажи-ка, а у тебя в лавке есть эти самые будильники? – интересуется он у хозяина, когда тот уже стоит на пороге.

– Тоже решил податься в лавочники? Пустая затея! С таким характером ты быстро разоришься.

– Да мне не для себя, – уклончиво отвечает Прометей. – Это подарок.

– А, ну если так – то у меня, конечно, найдётся для тебя самый звонкий будильник, какой только можно найти во всей округе.

– Это уж пожалуйста, – кивает Прометей. – Самый звонкий и громкий из всех, какие у тебя только есть.

Совершив акт купли-продажи, Прометей понимает, что чертовски соскучился по своим олимпийским приятелям, и отправляется прочь от людей.

Первым делом он почтительно преподносит Зевсу свой подарок: маленький красный будильник. Зевс любит подарки, а потому сразу устанавливает будильник у изголовья и накладывает на него заклятия вечности, неприкосновенности и чёткости.

И с тех пор каждое утро, ровно в 7 утра, к Зевсу прилетает дятел и клюёт его в висок.

Из разного теста

Оказавшись в тёмном чулане, Буратино раскаивается и клянётся всем здешним паукам стать уже, наконец, умненьким и благоразумненьким мальчиком и даже на какое-то время перестать гоняться за золотым ключиком. Летучую мышь, притащившую маляву от кота и лисы, он с негодованием прогоняет и утром начинает новую жизнь. Вежливо здоровается с Артемоном, пришедшим его выпустить на волю, целует ручку Мальвине, а всей лесной и луговой живности улыбается так обворожительно, что даже народный знахарь Богомол вынужден признать: пациент скорее жив, жив, да еще как!

После завтрака Буратино – словно бы его подменили – бежит мыть посуду в ручье, затем садится за чистописание, с энтузиазмом берется решать математические задачки и так далее. Он, конечно, вырезан из полена – не то, что Мальвина, с её чудесной фарфоровой головой – и наука даётся бедняге с трудом. Не раз и не два капризная голубовласая кукла отправляет бестолкового ученика в тёмный чулан, но он покорно сносит всё, и в конце концов становится вполне образованным деревянным человечком.

Через несколько лет Буратино – уже на правах полноправного совладельца красивого кукольного домика на лесной поляне – выписывает из города своего отца, Карло. За Карло следом увязался Джузеппе, а за ним – ни с чем не сравнимый запах перегара. Своенравные старички возводят себе хибарку неподалёку от дома Мальвины и даже иногда пытаются давать Артемону советы по ведению домашнего хозяйства.

В один из тёплых летних дней, когда всё живое – даже мертвецки пьяный Сизый Нос – неизвестно почему радуется и ликует, из леса выходит Пьеро – заросший и усталый, но по-прежнему очень печальный.

– Нищим не подаём! – машет на него лопатой Джузеппе. Он взялся вскопать грядки, но всё никак не может приступить к работе, только выпивает для храбрости каждые пять минут.

– Не слушай его, парень! – кричит Карло, высунувшись из дальнего парника. – Заходи, накормим! Расскажешь, что на свете делается.

– Скажите, пожалуйста, а госпожа Мальвина – здесь живёт? – запинаясь, спрашивает Пьеро.

– Как не здесь? – ухмыляется Джузеппе. – А ты ейный бывший?

– Оставьте, пожалуйста, это панибратство! Мы с вами даже не знакомы!

– Ну так сейчас познакомимся. Выпьем – и будем здоровы. Или ты брезгуешь, гад?

– По какому праву вы тыкаете мне и называете меня – гадом?

– Да потому что ты типичный гад. Как же тебя ещё называть? – удивляется его бестолковости Сизый Нос.

Непонимание между столяром и поэтом усиливается, ещё чуть-чуть – и вся полянка вспыхнет и заполыхает от их взаимно раздуваемой антипатии. К счастью, на пороге домика появляется

Артемон. Быстро оценив ситуацию, он хватает Пьеро под руки и тащит его на веранду.

– Это вы? – краснеет Мальвина и проливает чай на белую скатерть (к счастью, Буратино поблизости нет – он только недавно научился аккуратно чаевничать, и такой пример был бы ему во вред).

– Поверьте, я случайно шел мимо, и вдруг этот мужчина, ваш садовник, окликнул меня.

– Я всё понимаю. Хотите чаю?

– Удобно ли?

– Садитесь вот на этот стул – здесь удобнее.

Только после трёх чашек чая с молоком и сахаром Пьеро решается произнести то, ради чего он пришел:

– Скажи мне, ты счастлива с ним? Он ведь сделан совсем из другого материала, не то, что мы с тобой.

Солнце скрывается за небольшой безобидной тучкой. Над лужайкой проносится порыв ветра, и вся лесная и полевая мелочь ненадолго замолкает. Слышно, как на улице Джузеппе бодро вонзает лопату в податливую почву.

– Сначала с ним было очень тяжело, – понизив голос, признаётся Мальвина. – Невоспитанный, грубый, чурбан! И при этом – самоуверенный нахал, каких мало!

– Этого следовало ожидать, – подаётся вперёд Пьеро. – Полное отсутствие воспитания и сомнительное происхождение этого типа говорят сами за себя.

– Но он так старался! – заступается Мальвина. – Он так хотел стать умненьким и культурным мальчиком, что в конце концов у него это получилось!

– Поздравляю, ты прекрасная воспитательница, – ехидно говорит Пьеро. – Ну а теперь, когда столь благородная миссия выполнена – ты ведь признаешься себе в том, что всю жизнь любила только меня?

– Я никогда этого не скрывала, – шепчет Мальвина.

– И ты, наконец, откажешься от этого, пусть воспитанного и образованного, но всё-таки полена, во имя нашей великой любви?

Солнце выглядывает из-за тучки и принимается светить во всю мочь. Лесная и луговая мелочь возобновляет прерванные разговоры, и над поляной и лесом вновь повисает гудение, жужжание, журчание и бормотание тысяч невидимых для постороннего глаза существ.

– Если бы ты появился раньше, – вздыхает Мальвина. – Например, в тот день, когда я в первый раз отправила этого хулигана в чулан и пообещала себе назавтра же выставить его вон, я бы, не раздумывая, согласилась. Но теперь, когда я вложила в него столько сил и нервов, было бы большой глупостью прогонять Буратино прочь, на радость какой-нибудь малолетней Коломбине в фальшивых блёстках.

– Но какое тебе дело до этой Коломбины? Пусть он уходит, пусть будет счастлив. А ты будешь счастлива со мной.

– Я, значит, его воспитывала, а пользуется пусть другая?

– Но ты можешь воспитывать меня! – решается на крайние меры Пьеро.

– Зачем? Ты и так воспитан, не хуже, чем я. Ты красивый, тонкий, талантливый. Назови хоть один свой недостаток!

Пьеро задумчиво подливает себе чаю. «Никогда бы не подумал, что моё счастье будет зависеть от того, найду ли я у себя хотя бы один недостаток!» – сокрушается он.

На лужайке, на самом солнцепёке, Буратино уговаривает Артемона смотаться с ним завтра в город, на распродажу. На днях там видели ключик, удивительно похожий на золотой, но по совершенно смехотворной цене! Рассудительный Артемон отказывается, но Буратино приводит всё

новые и новые доводы, так что в итоге мажордом вынужден капитулировать.

– Ну, если ты так хочешь узнать о моих недостатках, то вот, пожалуйста, – отвлекается от раздумий Пьеро. – У меня явно наблюдается недостаток уверенности в победе – по сравнению с твоим деревянным другом, разумеется.

– Да, – грустно кивает Мальвина. – И это – самая главная причина, по которой я предпочла его.

Король и народовольцы

В одном королевстве был заведён такой порядок: каждый год, в день своего рождения, действующий монарх выходил на прогулку и шел пешком от дворца до летней резиденции в окружении придворных, по улицам, заполненным ликующим народом. В резиденции он устраивал праздничный пир, и дальше уже вёл себя, как и положено королям.

Однажды в этом королевстве завелись народовольцы. Они были очень хитрыми, поэтому ни стража, ни шпионы не догадывались об их существовании. В соседних королевствах всех народовольцев уже поймали и казнили, а в этом они процветали и лелеяли планы захвата власти. За несколько недель до королевского дня рождения – а это должен был быть какой-то там юбилей, так что к нему готовились особенно торжественно – народовольцы начали тайно бунтовать народ. Они делали это так ловко и непринуждённо, что стража и шпионы снова не догадались, в чём тут дело.

– Давайте, – нашептывали простому народу смутьяны, – когда король выйдет из дверей своего дворца, хором закричим: «А король-то – голый!» Так ещё никогда не делали. Будет очень весело, и король посмеётся вместе с нами.

– Да, действительно, будет весело, – соглашался простой народ. – Как мы сами не догадались, ещё в том году? Замётано! Как он только выйдет – так мы и закричим.

– Закричат они! – ворчали жены простого народа. – А если вас за это арестуют и потом казнят, без суда и следствия?

– За что же их казнить? – притворно удивлялись народовольцы. – Вот если бы они раскрыли важную государственную тайну – вот так вот, за здорово живёшь. Или, скажем, если бы король и в самом деле был голым – тогда другое дело. Но он же, как нам доподлинно известно, выйдет из дворца в костюме, при мантии и даже в короне!

– Тогда получится, что это клевета! – не унимались жены.

– Да что вы, ну какая клевета? Так просто, шутка. Король любит шутки, он, может быть, даже наградит вас!

За день до монаршего юбилея народовольцы встретились в тайном месте и поделились друг с другом успехами. Некоторые люди согласились кричать про короля, что он голый, некоторые отказались, но по всему выходило, что криков будет немало. Поздравив друг друга с удачным началом, народовольцы снова прикинулись почтенными гражданами, и тайными ходами, по одному, ушли с места сходки: стража и шпионы и на этот раз ничего не заподозрили. Я бы их, если честно, ещё в первый раз уволила за ротозейство.

Прошла ночь, наступило утро. Король, свежевыбритый, благоухающий, разряженный в лучшие королевские одежды, вышел из дворца и принялся посылать подданным воздушные поцелуи. Рядом с королём шли его самые доверенные придворные, и они во всём старались ему подражать. Не успел король сделать и двадцати шагов, как из толпы раздался первый крик: «А король-то – голый!»

– Ой! – покраснел король и быстро оглядел свой костюм. Нет, с костюмом всё было в порядке. И даже ширинка не расстёгнута (а вот у одного из ближайших придворных она была расстёгнута, но король не стал ему об этом говорить, чтобы не расстраивать хорошего человека).

Торжественная процессия снова тронулась в путь, но вот уже два голоса выкрикнули обидную фразу громче прежнего.

– Ну чего они дразнятся? – спросил король у того придворного, который забыл застегнуть ширинку. – Я же одетый!

– Не обращайте внимания! – отвечал придворный. – Все видят, что вы не голый, а очень даже нарядный. А если кто не видит – тому надо зрение проверить! У знахаря. В подвалах тайной канцелярии!

– Ой, смотрите, голый король! – снова крикнули в толпе.

– Уведите детей! Король голый вышагивает, стыд-то какой!

– С его-то фигурой! Постеснялся бы уж жирами трясти при всём честном народе!

– Я жирный, да? – обиженно пробормотал король.

– Ну, вы, конечно, немного полноваты, – признался придворный.

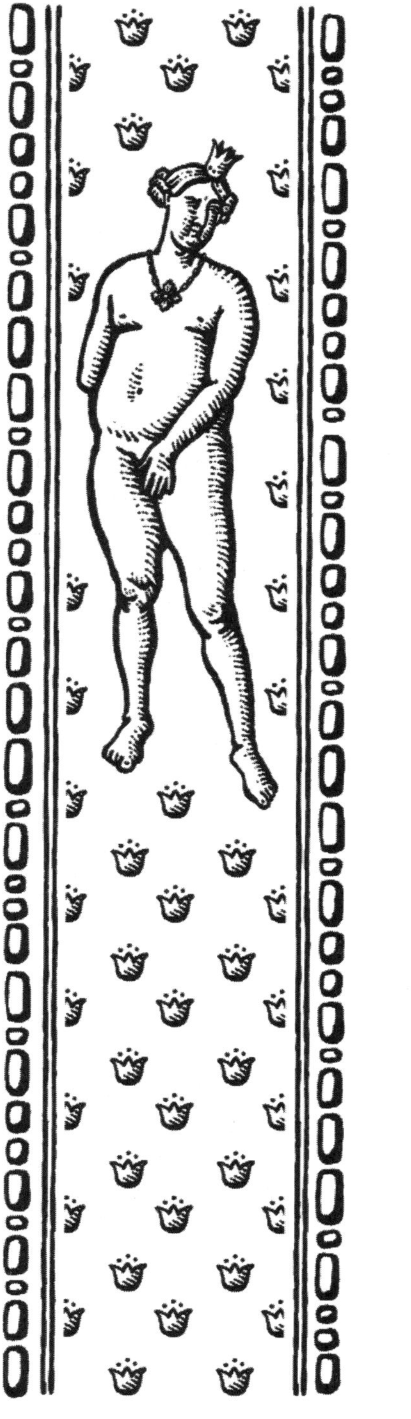

– А у вас зато ширинка расстёгнута! – обрадовался король.

Стражники свирепо уставились на простой народ. Народ хлопал глазами и вовсю изображал радость и подобострастие. Но в глубине толпы кто-то снова крикнул:

– А наш король голый ходит по улицам! Нечего одеть нашему королю!

– Я так больше не могу, – чуть не плача, произнёс король. – За что они меня так? Ну даже если я голый, им-то какая разница?

– Да не голый вы, – хором сказали придворные.

– Голый-голый! – крикнули из толпы народовольцы.

– Вот видите! – вздохнул король. – Им, со стороны, виднее, какой я. Прикройте меня, а то срам один!

– Мы вас уверяем, что вы – такой же голый, как и мы! – заверили придворные. – Взгляните на себя и на нас!

– Вот это да! Голый король с голыми придворными по улице идёт! – выкрикнул кто-то совсем рядом (это был один из младших придворных – его подкупили народовольцы).

Король осторожно, превозмогая стыд и страх, опустил глаза на свои ноги. Потом скользнул взглядом выше. И выше. Никакой одежды на нём не было и в помине! В ужасе король уставился на своих одетых придворных.

– Но ведь я же в самом деле голый! – закричал он. – Как это могло случиться? И как мне теперь от такого позора отмыться?

– Ура, получилось! – обрадовались в толпе народовольцы. Они знали, что король очень доверчивый, и его легко сбить с толку. А теперь, когда даже простой народ видел перед собой голого короля, революцию совершить не стоило большого труда, но доверчивого монарха народовольцы убивать не стали.

– Кажется, ваше бывшее величество, вы уже и так мертвы, – сказал главный народоволец. И король послушно умер.

Беда с причёской

– У нашей сестрёнки не было бы проблем с мужчинами, если бы она что-то сделала со своей причёской, – говорит одна завитая крашеная бабёнка другой. Обе они – на одно лицо, обе вполне уродливы и напоминают привокзальных торговок семечками, но считают себя дамами хоть куда.

– Знаешь, я давно ей говорю о том же самом, – поддакивает вторая. – А то так и останется старой девой! Попомни мои слова – старой останется девой!

Если бы у них самих не было проблем с мужчинами, они бы, конечно, занимались сейчас какими-нибудь милыми домашними делами вместо того, чтобы судачить о проблемах сестры, но с мужчинами им не повезло, и это ещё один повод для того, чтобы осуждать бедняжку.

– Мы потратили на неё наши лучшие годы, а она, тварь неблагодарная! Да мы бы уже сто раз выскочили замуж, если бы не возились с этой дурищей!

– Мне кажется, она это назло нам делает! Отличная ведь деваха, всё при ней, надо бы только стрижечку сделать, и всё будет тип-топ! А то ведь стыдно даже – мужики разбегаются, взглянуть на неё боятся, во всей округе ни одного подходящего жениха уже не осталось!

Сварливые тётки целыми днями сидят на краю скалы и перемывают косточки своей непокорной сестрице. Пока однажды в их краях не появляется бродячий брадобрей, с походным зеркалом и прочими необходимыми инструментами.

– Вы ведь сможете привести в порядок голову нашей непутёвой младшенькой? – кидаются к нему старшие сёстры непричёсанной красавицы.

– В один момент, – обворожительно улыбается брадобрей и принимается точить и без того уже опасную свою бритву.

– Уж мы отплатим вам, уж мы отплатим! – радуются в один голос кошмарные тётки. – Медуза, сестричка, тут к тебе парикмахер-визажист пришел!

– Я предпочитаю, чтобы меня называли Персеем, – криво ухмыляется мастер, в последний раз протирая зеркало.

Ошибка бременского музыканта

Трубадур разъезжает под окнами прекрасной принцессы, которую он еще не видел, однако много о ней слышал, и трубит со всей дури. Принцесса не показывается, но по слухам она очень прекрасная. Трубадур трубадурствует несколько дней кряду, причем вероломно не выкликает имя возлюбленной (хотя ему сообщили его стражники у ворот), а ждет, когда принцесса сама догадается о его безумной страсти. Через несколько месяцев принцесса все еще не догадалась, но ей уже любопытно – что это за псих там под окном беснуется, а вдруг в него диавол вселился и можно будет тогда вечером поплясать у костра?

Принцесса, приняв все меры предосторожности, выглядывает приветливо с балкона. Трубадур поражен увиденным. У его милого идеала кривые ножки, редкие волосенки и гнилые зубки. На лице – прыщи, на руках – цыпки, на ногах – бородавки, в носу – козявки. Из-за принцессиного угловатого плечика высовывается ее первый фаворит – горбатый одноглазый паж.

Трубадур, сохраняя остатки мужества, кланяется им и улепетывает в ближайший лес на своем верном осле, который тоже малость обалдел. В лесу их уже поджидают друзья-разбойники: кот, пёс и петух. Сообразив, что трубадур только что избежал страшной опасности, все пятеро начинают отплясывать народные бременские танцы, подыгрывая себе на любимых инструментах. Они очень счастливы, что принцесса не догадалась о виртуальной любви трубадура, не выпрыгнула с балкона и не утащила бедолагу под венец. А то тут бы сразу и сказке конец.

Стрекоза и Муравей

Стрекоза проснулась однажды утром и поняла, что вокруг наступила осень. Дискотеку под лопухом закрыли, потому что лопух завял и стал каким-то беспонтовым. Бар на листе лилии работает теперь только для подводной живности: то и дело начинает накрапывать дождь и смывает сухопутных посетителей в пруд, где им не особенно нравится. Бездомный кузнечик, лабавший возле пня с утра до вечера, ночью замерз до смерти, зато неопрятный Муравей, над которым Стрекоза и ее друзья обычно насмехались, приоделся в теплую фуфайку и, глядите-ка, тащит в свою нору какую-то дохлую гадость.

«У Муравья теплый дом и вообще круто, – подумала Стрекоза. – С ним надо подружиться, хоть он и дурацкий!»

Дальше показания Стрекозы и Муравья расходятся: он говорит, что в ответ посмеялся над Стрекозой и прогнал ее прочь, а она рассказывает совсем о другом. Кто из них прав – неизвестно, но давайте послушаем Стрекозу, раз уж она здесь.

– И тогда я тоже прикинулась дохлой гадостью. Сделать это было довольно легко: я не ела уже пять дней, мои крылья запачкались, макияж размазался. Я упала на травку неподалеку от жилища Муравья и стала его поджидать.

Естественно, Муравей сразу понял, что перед ним – живая, хоть и грязная Стрекоза. «Сдохнет – зажарю и съем, выживет – женой сделаю!» – подумал запасливый Муравей и отволок находку на кухню. Там через некоторое время Стрекоза отогрелась, умылась и была вынуждена признать, что она совсем не дохлая, и уж точно не гадость. Муравей эту дивную перемену тоже заметил и переместил полезную находку в спальню.

– У Муравья в норе, – продолжает Стрекоза, – не было ни дискотеки, ни коктейлей. Ничего из того, к чему я привыкла!

Но на улице не было вообще ничего: Стрекоза выглядывала в окно и видела бессмысленную белую пустоту. Пришлось ей смириться со своим положением. Кузнечик ведь сдох, например. Она окончательно поверила в это после того, как Муравей поставил на стол блюдо с кузнечиковой зажаренной ногой.

– Даже ботиночек не снял, так и зажарил!

Весна проникла в нору Муравья неожиданной шустрой капелью. Стрекоза была немедленно мобилизована на ремонтные работы, сам же Муравей отправился в опасное путешествие за свежей пищей. Свежая пища напомнила Стрекозе о

лете, о веселых друзьях и ночных прогулках. Зима подходила к концу, а зимняя депрессия и вовсе закончилась.

– А когда у меня закончилась зимняя депрессия, я поняла, что меня ничего не связывает с этим Муравьем, мы абсолютно чужие насекомые, просто решившие перезимовать под одной крышей.

Как только появились первые цветы, Стрекоза сплела себе венок из нежно-розовых лепестков и пошла на дискотеку. А Муравей немного погрустил, а после сочинил для своих детей и внуков поучительную историю про мудрого Муравья, не пустившего в дом попрыгунью-Стрекозу, хоть она и прикидывалась вкусной дохлой гадостью. Но стрекозы этой истории не читали, поэтому периодически лечат муравьиной кислотой зимнюю депрессию.

Родительское благословение

Как водится, добрые король с королевой забыли позвать злую фею на крестины своей дочери. Да так ловко законспирировались, а потом ещё под страхом самых разных наказаний велели помалкивать всем окрестным феям, крестьянам и разбойникам, что злая довольно долго пребывала в неведении и мстила разным прочим родителям рангом пониже. Наконец, дошли слухи и до нее. У злых фей срока давности отмщения нет – потому они до сих пор благоденствуют. Собрала фея все свои злокозненные инструменты, оставила хозяйство на молодую ведьму-ассистентку и направилась к королевскому замку. Для разминки открутила голову паре белых лебедей, а разозлившись хорошенько, решила заняться принцессой.

Принцесса, уже изрядно подросшая, гуляла в саду с фрейлинами. Злой фее ничего не стоило тоже прикинуться фрейлиной, чтобы разглядеть жертву вблизи.

Жертва вызывала жалость и брезгливое удивление. Было видно, что родители, воспитывая этого ребенка, постарались на славу, к чему еще какие-то злые чары!

– Принцесса соседнего королевства играет на клавикордах, помогает папе подписывать указы и умеет выпиливать лобзиком! А ты что же? – говорили ей в раннем детстве.

– Все-таки ты очень неграциозна! Ты опозоришь нас на балу! – ругали ее чуть погодя.

– Все принцессы – как принцессы, а ты – как пугало огородное! – твердили в последнее время.

Принцесса косолапо брела по дорожке, нисколько не задумываясь о том, как выглядит: она считала себя совершенно безнадежной. Комплексы кружили над ее головой, как мухи.

– Вот же гады! – всхлипнула злая фея, которая прежде не считала себя персоной сколько-нибудь чувствительной. – До чего бедного ребенка запинали! Чем так жить, лучше вовсе умереть.

Фея вынырнула из образа фрейлины и продемонстрировала публике свое истинное лицо, злое-презлое:

– За то, что вы не пригласили меня в свое время на крестины – а я-то все помню, просто руки до вас сразу не дошли – я все-таки сделаю этой девочке подарок. В шестнадцать лет она будет прясть и уколется веретеном насмерть!

– Спасибо тебе, бабушка! – воскликнула принцесса. – Можно я начну прясть прямо сейчас?

Патриархат

Однажды три богини спустились с Олимпа на цветущий луг, чтобы выяснить, кто же из них все-таки прекраснее, а затем как следует навалять победительнице, чтобы стала она еще милее и краше. Тем временем на цветущем лугу, который они выбрали местом разрешения многовекового спора, прелестный пастушок пас овец – иными словами, спал под кустом. Богини растолкали пастушка, вручили ему яблоко раздора и объяснили суть происходящего. Спросонок глупый пастушок взял в руки яблоко, повертел его перед собой так и этак, не понял ничего и с громким хрупом стрескал вышеозначенный плод вместе с косточками.

– Что ты наделал, несчастнейший из смертных? – вопросила Гера (это простые бабы спрашивают, а богини всегда вопрошают. Поэтому боги – их мужья – возвращаются с работы вовремя. Они не любят, когда их лишний раз вопрошают).

– Да, что, что? – сложила на груди руки Афина, за мудрость прозванная Палладой. – Ну и как мы теперь выясним, кто из нас победил? Кого мне теперь мутузить – Герку или Афродитку?

А Афродита ничего не сказала. Она-то, в принципе, и без всякого яблока знала правду.

– Ну – я победил, – сказал пастушок, нахально облизываясь.

– Но на нем же было написано – «Прекраснейшей!» – мягко возразила Афродита. – «Прекраснейшей», а не «прекраснейшему»!

– А я грамоте не обучен, – дебильно ухмыльнулся пастушок. – Всё, все свободны, а я дальше буду спать.

От такой наглости богини слегка опешили, а пастушок вернулся под свой куст и захрапел.

Тут-то и наступил на земле полный патриархат.

Глазами мачехи

Золушка копошится в углу, перебирая что-то: то ли действительно пшено и гречку, то ли… Черт, не видно из-за золы, которой, кажется, наполнен весь дом.

– Золушка, почему ты не навела порядок в кухне?

– Я… Ой! – Золушка поспешно прячет что-то в карман передника. Нет охоты проверять, что именно. – А вы сказали, чтобы я перебирала зерно, вот я и перебираю, стараюсь!

Зола частично осела на пол. Да, теперь я вижу, что зерно осталось в том же виде, в котором оно было три часа назад, когда я заходила на кухню за пирогом. Мои дочери очень любят сладкие пироги, а я очень люблю своих дочерей. Целыми днями они прядут или вышивают, сидя под окном, и уже добились определенных успехов. Богачи все чаще обращают внимание на работу моих дочек. Я горжусь ими.

– Но ты же не перебираешь зерно! Золушка, чем ты занимаешься целыми днями? Неделю назад ты сожгла скатерть и так до сих пор не прибралась! Эти горелые лоскуты, эта бесконечная зола вокруг. Кажется, мне придется серьёзно поговорить с твоим отцом!

Упоминание об отце действует безотказно: Золушке отлично известно, что я наняла ее на работу по просьбе этого мягкотелого неудачника. Будь моя воля – ноги бы ее в этом доме не было, но каждая женщина может позволить себе слабость и сделать приятное любимому человеку.

Итак, Золушка теперь работает на меня. Сказать, что она ленива, я не могу: все-таки девочка старается угодить мне, своей благодетельнице, и не хочет расстраивать отца. Но верно, мать не приучила ее к труду так, как я приучила своих красавиц-дочек!

– Золушка, постарайся перебрать зерно к вечеру, иначе мы все останемся без ужина!

Готовку я ей, разумеется, не доверяю: иначе мы останемся также без завтрака и обеда.

К вечеру зерно не перебрано, зато Золушка очень довольна своей работой: она все-таки заставила себя прибраться на кухне. Получилось лучше, чем я ожидала. У девчонки определённо есть способности!

Ложимся спать на пустой желудок. Мои умницы-дочки все понимают и не поднимают восстания голодных рабов.

Утром заказываю по телефону завтрак в ближайшем кафе – для всех, даже для бестолковой Золушки. У меня доброе сердце: невозможно долго сердиться на бедняжку, она ведь еще так юна! К тому же солнце светит ярко, и день обещает быть приятным и милым. Мои кровиночки уже прядут: встали с рассветом, умнички!

– Золушка, через неделю во дворце бал. Мы возьмем тебя с собой, если будешь хорошо себя вести и тщательно выполнять все мои задания, – говорю я за завтраком.

– О, мэм, да, мэм! Скорее давайте мне много заданий! А что мне надеть на бал?

– Бал будет через неделю. А пока пойди перебери зерно, милочка, да посади до конца недели 20 розовых кустов.

– А где взять кусты?

– Они стоят в лотках за сараем. Красиво рассади их вокруг дорожки и под окнами, чтобы моим дочуркам было приятно, они так любят розы! Но сначала перебери зерно!

Золушка деловито поспешает прочь.

Ближе к вечеру я замечаю, что все кусты посажены: пусть не так идеально, как это могла бы сделать я, но и не без творческого подхода.

– Золушка, ты делаешь успехи! Да что там – ты просто молодец! – хвалю ее я и отправляюсь в кухню – варить на всех гречневую кашу.

Зерно стоит в мешках нетронутое. Розы показались Золушке более занимательным предметом для приложения сил.

Ужинаем оставшимся с обеда грибным супом. Моим кровиночкам это даже нравится: они очень любят грибной суп. На следующий день, плюнув на субординацию, перебираю зерно сама. Золушка, как ни в чём не бывало, напевает какую-то песенку и по третьему разу намыливает сковороду.

За пару часов до бала Золушка уже облачилась в платье и бегает по саду, страшно довольная. Платья моих девочек валяются в беспорядке под гладильной доской, а мое вообще киснет в тазу. Отец Золушки, кряхтя, сам чистит свои сапоги, а ведь ему нельзя перенапрягаться!

– Золушка! Золушка!

– Мы уже едем на бал?

– Мы? Никто никуда не едет. Почему? Платья? Еще? Не готовы?

– А я… Ну в самом деле, упомнишь ли?

– Я напоминала о них тебе каждый день! Вчера ты сказала, что все уже готово!

– Да… Я всё-таки нашла их в шкафах, среди других прочих платьев, это было не так-то просто, а на вашем платье было пятно! Вы ничего не сказали про пятно! Я решила отстирать его. Или это я посадила его, уже потом… Столько работы, мэм!

Пока Золушка оправдывается, мои трудолюбивые пчелки сами гладят свои платья и помогают отчиму почистить костюм. Мне приходится ехать в платье Золушки, накинув на плечи элегантную шаль: что да, то да, платье этой мерзавки не сходится на моей спине, но это всё же лучше, чем ничего. Хороша бы я была – на балу и в деловом костюме! Какой удар по репутации!

Сегодня Золушке все-таки удалось вывести меня из себя.

– И побели забор! – вхожу я в раж. – И подстриги деревья! И кустарники! Рыбы налови! И накопти! Медведя в лесу поймай и научи танцевать нижний брэйк! И верхний! К нашему приезду все должно быть готово, иначе я убью тебя без выходного пособия!

Золушка размазывает слезы по щекам. Мы уезжаем, не снизойдя до нее, хотя мои добрые девочки предлагают простить засранку.

– Мама, ну всё же закончилось хорошо, пускай она поедет с нами! – просят они, но на этот раз я неумолима и строга.

На полпути у меня начинает болеть сердце. Все-таки эта дурашка старается, не ее вина в том, что она не родилась такой смышленой, как мои дочери.

Звоню по телефону своей крестной фее:

– Милочка, тут такое дело… Не могла бы ты слетать ко мне домой и помочь Золушке с работой? Боюсь, одной ей не справиться.

Спящие невесты

Злая фея, заколдовавшая некогда спящую красавицу, и по сей день жива. А чего ей сделается, злющей такой! Только она больше не вредит человечеству разными патентованными способами – была охота напрягаться – а завела свой бизнес, живет припеваючи, но отдыхать ездит в Турцию – потому что жадная очень.

Как-то раз злая фея, еще той порой безработная, шла по улице, размышляя, на какой бы праздник ей вломиться – пожрать как следует и заодно заколдовать кого-нибудь, чтобы не расслаблялись, как вдруг увидела девочку с ржавым бритвенным лезвием в руках. Девочка была страшненькая, лезвие держать как следует не умела и вообще – нуждалась в экстренной психологической помощи.

– Я хочу умереть! – говорила девочка. – Меня никто не любит.

«Никто – это принц Сережка из параллельного класса» – определила фея. Жалко ей стало девочку – когда-то давно и она, старая карга, была молодой и некрасивой – оттого и вынуждена была выучиться на злую фею, в добрые-то ведь только красавиц принимали. Что-то пошевелилось в душе злыдни – возможно, впрочем, это подавал знаки пустой желудок, требовавший немедленно прекратить вечер воспоминаний и вломиться-таки на какой-нибудь банкет!

– Погоди-ка умирать, – сказала фея девочке. – Давай мы тебя лучше усыпим на какое-то время.

Девочке было все равно. Она безропотно выпустила из рук лезвие и подставила палец под веретено. Хлоп – и заснула. Через месяц ее в реанимации нашел принц Сережка. Поцеловал – и девочка проснулась. А могла бы и не проснуться, если бы не злая фея.

Пораскинув своими злыми, но вполне еще пригодными для раскидывания мозгами, старушка взяла в банке кредит (наколдовать себе мнимую платежеспособность она умела, не то что мы, простые смертные) и открыла частную медицинскую клинику. С тех пор все принцессы, пастушки, секретарши и школьницы, считающие себя страхолюдными настолько, что хоть помирай, за определенную сумму могут подвергнуться временному усыплению. Одна инъекция веретеном стоит недешево – но пациентки или их родители не скупятся. Потому что кто знает – в этом веке ты страшилище и урод, а через сто лет мода изменится и краше тебя никого на свете не будет.

Странствующие принцы и прочие бездельники частенько посещают клинику добровольных усыплений с целью подыскать себе какую-нибудь невесту. Иногда находят и довольно неплохих – иной девушке достаточно только как следует выспаться, чтобы на человека стать похожей.

Понятно, что за осмотр потенциальных принцесс тоже надо платить. Так что некоторые циники ходят полюбоваться на спящих страшилок просто так, без матримониальных последствий. И называют склад замороженных невест кунсткамерой.

Алиса и волшебные пузырьки

Сказка закончилась, и у Алисы заболела голова.

– Сосуды сужаются, – сказал кто-то серый и нудный. – Надо больше спать и меньше нервничать.

Алиса отмахнулась от него и вернулась в зеркало. На знакомом столике стоял традиционный пузырек «Выпей меня». Алиса выпила, обжигаясь вкусом, и голова у нее почему-то перестала болеть. Алиса выпила еще. Теперь она даже как будто повеселела, и жидкость в пузырьке уже не казалась ей такой огненной, как в первый раз.

Когда перед глазами у Алисы поплыли красные круги, на столике появилась пачка сигарет с надписью «Выкури меня». От курения сосуды немного сузились, красные круги убрались восвояси, и Алиса снова смогла почувствовать абсолютное счастье.

До самого вечера она сидела за столиком и по очереди пробовала новые игрушки, а к вечеру завалилась спать – довольная и совершенно просветленная.

Под утро на туалетном столике обнаружился стакан с шипучим содержимым.

«Выпей меня» – с трудом разлепляя глаза, прочитала Алиса. «Хуже уже не будет», – подумала она свободным от похмелья уголком мозга и выпила. Разумеется, ей немедленно стало легче.

«Дети! Это только в сказках аспирин появляется у изголовья сам по себе! В этом жестоком, жестоком, жестоком реальном мире надо заранее позаботиться об устранении похмельного синдрома!»

Ваша Алиса

Комплексы Кассандры

Кассандра с детства боялась сказать какую-нибудь глупость. Однажды она что-то ляпнула на большом семейном торжестве и была осмеяна старшими, после чего твердо решила помалкивать. Она внимательно смотрела по сторонам, много думала и делала правильные выводы, но рассказывать о них никому не спешила – помнила, как это обидно, когда над тобой все смеются. Так, в добровольном молчании, поддерживая лишь пустые беседы с подругами, она существовала, и было ей не то чтобы хорошо, но как-то спокойно. Наблюдая и анализируя окружающую жизнь, она постепенно научилась необычайно точно предсказывать события.

«Идет бычок, качается, – бормотала она, – вздыхает на ходу. Ой, доска кончается, он же сейчас... Ну естественно, упал!» Ладно бычки – их можно приносить в жертву или наоборот – употреблять в пищу. Но когда по тем же самым доскам начали бродить люди, Кассандра не могла удержаться: «Послушайте, дяденька! Вы сейчас упадете! Немедленно поверните назад!»

«Да пошла ты!» – отмахивался дяденька. И падал, не удержав равновесие, разбивался, как некачественный спартанский младенец. Всякий раз Кассандра говорила себе, что больше никогда не будет делать предсказаний, и всякий раз, ясно увидев возможную гибель и измельчание человека или целого государства, она делилась мыслями с окружающими, думая, что им, также, как и ей, очевиден исход событий. «Посмотрите, что творит этот безумец! Совершенно определенно, что скоро с ним случится то-то и то-то».

Заслышав, что Кассандра опять предсказывает, зеваки собирались вокруг нее, передавая по цепочке услышанное. Потом, конечно, смеялись, потому что не верили.

Кассандра и сама себе никогда не верила – да, с самого детства она была убеждена, что способна говорить только глупости. А когда ты сам себе не веришь – с чего ты взял, что тебе должен поверить кто-то другой?

Шахерезада и султаны

Всю ночь Шахерезада рассказывает многочисленным султанам сказки, хотя в сказки о том, что все они султаны, сама Шахерезада не слишком-то верит. Впрочем, они тоже не могут знать наверняка, кто скрывается под ником Шахерезада – прелестная барышня, угрожающих габаритов тётка или томный юноша. И не то чтобы они стремятся об этом узнать. Каждую ночь по ICQ – очередная прямая трансляция её историй, чего ещё желать-то? Можно было бы назначить таинственной незнакомке встречу и, наконец, осуществить в реале то, что она так долго описывает словами и буквами, но вдруг её слова гораздо лучше её самой? А вдруг – и это ещё хуже – Шахерезада в миллионы раз превосходит даже самые смелые представления о себе? Что тогда будет делать султан, в миру – системный администратор Митя, небольшой прыщавый субъект, косящий от армии?

Утром султаны, невыспавшиеся и злые, отправляются на работу, где клюют носами, допускают ошибки, получают от начальства нагоняи – но им это всё до лампочки, они ждут-не дождутся вечера, когда таинственная Шахерезада снова выйдет в сеть.

Шахерезада закрывает ноутбук, слезает с подоконника и идёт прогуляться в прекрасный сад, окружающий сераль. Очередная история придумана и отточена на дюжине невзыскательных поклонников – скорее всего, теперь она понравится и султану. Немного поспать – и на ковёр. Слава всемогущему Аллаху, создавшему часовые пояса!

Тайна синей бороды

В одном городе жил мужчина средний, обычный, на всех прочих мужчин чем-то неуловимо похожий. Ему через эту особенность было необычайно трудно с девушками дружить. Девушки вечно путали его с другими мужчинами. Только наш средний девушку выпасет, пообедает, погуляет, цветок с клумбы сорвет и подарит, стихотворение специально заученное прочитает, отвернется презерватив натянуть – а девушка уже с другим убежала. Перепутала. Не винить же ее, такую всю прекрасную?

Средний огорчался малое время, а потом – эх – отрастил бороду и окрасил ее в синий цвет, как научил его один заезжий панк.

Стал Синяя Борода популярен среди девушек, благодаря своему необычному имиджу. Начали они его выделять среди прочих, посещать его обиталище стали. А в обиталище том была тайная кладовая, ключ от которой Синяя Борода всегда при себе держал. «Везде, – говорил, – ходи, дорогая, все трогай и смотри, но к кладовой этой и приближаться не смей!»

Девушки трепетали и от любопытства сдавались без боя. Но любопытство их удовлетворять никто не спешил, удовлетворяли только плоть, да так затейливо, что тайная кладовая на какой-то момент отступала в тень и делалась незначительной деталью интерьера.

Разное говорили в городе о тайной комнате Синей Бороды.

– Наркотики там у него!

– Да нет, оружие!

– Труп старухи-процентщицы.

– Золото-брильянты!

Ну а что, собственно, еще могут говорить в городе? Только ерунду всякую.

Однажды, заманив своей синей бородой очередную девушку, наш герой расслабился как-то особенно сильно и забыл про ключик от тайной кладовой. Покуда он, расслабленный, дремал, девушка, замирая от страха и мысленно повизгивая от восторга, открыла дверь в запретное помещение и заглянула внутрь.

Не было в кладовой ни сокровищ, ни трупов. Ничего там не было. Только паук сплел в углу паутину и мрачно в ней сидел, терпеливо дожидаясь какой-нибудь добычи.

Синяя Борода проснулся, а девушка не заметила. Так разочаровал ее этот одинокий паук.

– Ну что ж, дорогая, – грустно сказал хозяин. – Теперь ты узнала мою тайну, что никакой тайны у меня на самом деле нет. Придется тебя за это убить.

Солдат и мышка

Жила была в лесу мышка: обычная такая, грязно-бурая, только лет ей было триста или около того. Мышки до стольки считать не умеют, им большие суммы за ненадобностью. Все предки этой мышки по материнской линии были долгожительницами, они и научили её жалобной песенке: «Не губи меня, добрый молодец, я тебе пригожусь!» Чем может мышка пригодиться доброму молодцу, спрашивается? Понятно, что ничем, но молодцы и сами слово держать привыкли, и от окружающих того же ждут, потому враги иногда вырезают молодцев сотнями: достаточно подписать с ними пакт о ненападении, и они тут же кольчуги поскидывают, балалайку достанут, гармошку, бочку пива выкатят и в баньку отправятся. В баньке их и берут – тёпленькими.

Сидела как-то раз трёхсотлетняя глуховатая мышка на пеньке и грызла свой завтрак, как вдруг её приметил и сцапал Иван – солдат срочной службы, временно сбежавший из части, располагавшейся неподалёку от леса. Пошёл Иван в самоволку, чтобы доказать всем, что и он тоже человек!

– О, мышь! – сказал Иван, удобно устраивая долгожительницу в кулаке. – Ща я её в дерево запульну – классно расплющится!

Мышь быстро проглотила свой завтрак и пропищала, как можно жалобнее, но достаточно при этом громко, чтобы Иван услышал:

– Не плющь меня, добрый молодец! Я тебе пригожусь.

– Ты чего, ты радиоактивная, что ли? – испугался Иван, но мышь не отпустил.

– Я мышка-норушка, самая обыкновенная, жалкая мышка из леса. А ты – богатырь, зачем тебе меня убивать?

– Ну, по приколу, – шмыгнул носом Иван. Его ещё никто не называл богатырём.

– Ты такой сильный, такой могучий, – зашептала мышка. – Тебе даже никакой радости не будет оттого, что ты меня убьёшь!

– Да? – с сомнением спросил Иван. – А чего будет?

– Тоска будет. Печаль будет. Пустые хлопоты. Да дорога дальняя! – доверительно сообщила мышка.

– Пустые хлопоты нам не надо! – определился Иван. – Поймают – проблемы будут.

– У тебя, богатыря – проблемы? Да ты как взмахнёшь десницею да наподдашь шуйцею – и все проблемы скукожатся, сдуются, будут у тебя просить прощения, в ногах валяться.

– Правда что ли? – приосанился Иван.

– Ты только глазом моргнёшь, а враги твои поползут прочь! На карачках!

– Я таков, – гордо сказал Иван, ослабляя хватку.

– Ну и зачем, зачем тебе моя никчёмная жизнь? А знаешь – в лесу живёт медведь! Страшный, огромный! Идёт медведь – земля дрожит! Все его боятся, а ты сборешь, я в тебя верю! Вот это твой настоящий соперник и есть. Сказать ли, где его берлога?

– Ну скажи, пожалуй, – испугался Иван. – А то правда, наткнусь ещё…

– Ты только отпусти меня, добрый молодец! – напомнила мышка. Иван посадил мышку на пень. Она ещё немного похвалила добра молодца, объяснила ему, как надо идти, чтобы медведя не встретить – хорошо время провели, словом.

А Иван так возгордился – никто его в жизни богатырём не называл, только дураком, придурком, дебилом и прочими обидными прозвищами – что пошёл прямиком к берлоге этого самого медведя и дрался с ним три дня и три ночи. На третью же ночь медведь, обессиленный борьбой, прохрипел:

– Надоел ты мне, Иван! – и немедленно издох.

А Ивановы сослуживцы уже лес прочёсывали, искали солдатика. «Ну, попал дебил! – переговаривались они между собой. – Нашелся самовольщик хренов!» Это ведь были сказочные сослуживцы, и грязно ругаться они не могли, но хотели.

Когда Ивана обнаружили, он делал медведю искусственное дыхание: сроднился с ним за время битвы, пожалел противника. Сначала непутёвого солдатика хотели строго наказать, но потом выяснилось, что медведь, которого Иван заборол, был не простым Топтыгиным, а древним саблезубым медведем, оттаявшим из вечной мерзлоты на месте проведения запрещённых всеми конвенциями опытов с химическим оружием. Если бы зверюгу обнаружили международные наблюдатели, которые в последнее время очень любили бродить по лесу, мог бы получиться нехороший скандал, поэтому Ивана тут же наградили, повысили в звании и больше уже никто не дразнил его дебилом и идиотом, все величали богатырём, даже если и посмеивались потом между собой.

А мышка сидела на пеньке и думала: «Ни хрена себе наворожила! Говорила же мне мама – никакой отсебятины. Не губи меня, добрый молодец, я тебе пригожусь – и точка! Люди же – как мышата малые, стоит их чуть-чуть похвалить, и они уже на всё готовы!»

Золушка на балу

По утрам Золушка всегда сидит на кухне, закинув ногу на ногу, пьёт кофе и листает свежую газету. Мачеха и её дочери уже проснулись и вот-вот спустятся к завтраку: слышно, как они мечутся в своих комнатах в поисках платьев, чулок и шпилек.

«В следующую пятницу, – гласит объявление на последней странице газеты, – во дворце состоится бал! Все самые мегапафосные перцы и гипергламурные кисы уже побежали в солярий и спортзал, чтобы быть на этом балу самыми-самыми. У вас ещё есть шанс не пропустить лучший бал года!»

Золушка не хочет пропустить лучший бал года. У неё вообще-то почти нет недостатков, но бедняжка патологически верит всему, о чём пишут в газетах.

Когда вся семья, наконец, усаживается за стол, Золушка, как бы невзначай, заводит разговор о свежих придворных сплетнях.

– Говорят, что принцу пора жениться, а его последняя пассия оказалась переодетым шпионом из Розастана, – говорит она. – Так что скоро во дворце, наверное, состоится какой-нибудь бал.

Отец отрывается от газеты и велит дочери пореже смотреть телевизор, но сёстры уже попались на крючок. Быстро прожевав булочки, они разбегаются по дому: звонят по телефону, залезают в интернет, перелистывают свежие журналы и, наконец, приносят на кухню радостную новость: бал состоится во дворце в следующую пятницу. Пора бежать в солярий и спортзал!

– Ах, милые сестрички, как бы я хотела поехать с вами! – говорит Золушка.

– Ты ещё несовершеннолетняя! – грозит пальцем старшая сестра.

– Фигу тебе! – добавляет средняя.

– Да не вопрос! – отвечает мачеха, и её дочки тут же замолкают. – Конечно, Золушка, ты поедешь с нами на бал. Не такая уж ты и несовершеннолетняя, да и места в карете хватит на всех.

– В самом деле? – сияет Золушка.

– Да, милочка, – кивает мачеха. – Потому что на балу у нас будет очень много дел, и никто другой с ними не справится так хорошо, как ты. Надо будет перетереть с королевским садовником о поставке наших роз ко двору. Найти посла Розастана и предложить ему использовать наш летний домик в качестве временной резиденции. Договориться с главным дворцовым поваром о том, чтобы он прислал нам пару стряпух на день летнего солнцестояния. Кроме того, надо…

Словом, на бал Золушку взяли, но она уже сама была этому не рада. Под конец, когда карета уже была готова отправиться в путь, прилетела фея-крёстная и попросила Золушку выхлопотать у короля таможенные привилегии на поставку карет в Розастан.

– Я же всё-таки твоя крёстная, – шептала фея. – Помнишь, какую умную крысу я подарила тебе на именины, когда тебе исполнилось десять лет?

Золушка помнит. По ночам крыса превращалась в учителя математики и заставляла бедную девочку решать задачки и примеры.

Королевский дворец сиял, как хрустальная ваза, наполненная светлячками. Разодетые кисы и самоуверенные перцы лорнировали публику. Принц скромно сидел в углу и угощался шампанским.

– Спорим, принц обратит внимание на меня? – сказала старшая сестра и встала на голову.

– Нет, на меня! Фигу тебе! – отвечала средняя и, выхватив бокал из рук первой попавшейся кисы, побежала к принцу.

– Ну, развлекайтесь, девочки, – улыбнулась мачеха, взяла мужа под руку и потащила его в главную бальную залу слушать самый модный в этом сезоне Оркестр ползающих гитаристов.

На балу все веселились в меру сил и здоровья, и одна только бедная Золушка носилась по королевскому дворцу, как угорелая, договариваясь, втюхивая и навязывая.

– А не выпить ли нам шампанского? – спросил у Золушки принц. – Я вижу отличный повод – мы с вами ещё не знакомы.

– Извините, – отвечала она. – У меня здесь дела.

Посол Розастана, бывший чемпион по бегу на короткие дистанции, дольше всех не поддавался на уговоры (хотя летний домик был со всеми удобствами и почти что новый). В погоне за неуловимым бегуном девушка даже потеряла свою хрустальную туфельку.

– А не выпить ли нам шампанского? – остановил её принц. – Я вижу отличный повод – из такого бокала я ещё не пил!

– Это моя туфелька, идиот! – разозлилась Золушка, выхватывая туфельку из рук обалдевшего наследника престола.

Ближе к утру Золушка сидела на холодных мраморных ступеньках около главной бальной залы и нервно курила: она, кажется, сделала всё, что ей велели. Или не всё?

– Можно составить вам компанию? – спросил её скромный человечек в зелёном бархатном костюме и, не дожидаясь приглашения, плюхнулся рядом. – Вижу, вам не очень-то и понравилось на нашем балу.

– Ну, как сказать? – задумалась Золушка. – Я ожидала совсем другого. И, честно говоря, мне так и не удалось повеселиться.

– Вас кто-то обидел? – строго спросил человечек, извлекая из кармана рацию.

– Нет-нет, у меня никаких жалоб, – остановила его Золушка. – Всё дела, дела, дела. Ни минуты свободного времени!

– Вы что же, новая шпионка из Розастана? – подозрительно спросил человечек, вертя рацию в руках.

– Да нет, я местная шпионка. Мачеха велела мне разрулить все её проблемы, а потом ещё фея-крёстная пристала с этими дурацкими нерастаможенными каретами.

В этот момент старшая и средняя сёстры протащили бесчувственное тело принца в какую-то неприметную каморку: видимо, решили воспользоваться моментом.

– Фу, какая гадость! – воскликнула Золушка. – Вот уж никогда бы не подумала, что принц такой мерзкий. В газетах о нём всегда так хорошо пишут!

– Хорошо заплатишь – хорошо напишут, – загадочно отвечал человечек в зелёном. – Поначалу я тоже так реагировал на всю эту бальную суету, а потом привык.

– Кто же вы?

– Я – распорядитель дворцовых церемоний. Тот, кто работает, покуда все веселятся, и тот, кто остаётся трезвым, когда все вокруг уже пьяные.

– Как же я люблю вас за это! – воскликнула Золушка, падая в его объятия. – Будьте моим принцем!

Трудности выбора

Серебристый автомобиль обтекаемой формы останавливается на рыночной площади и обтекает. Да, снегу утром нападало немало, а потом тут проехал на телеге один смешной фермер, да собаки, не поделив тушку какого-то мелкого зверя, растащили её на кусочки, потом бабы пошли за покупками, вымесили ногами образовавшуюся грязь в мутную жижу, а напоследок ребятишки в школу побежали, и сделалось на рыночной площади очень и очень грязно.

Из автомобиля выглядывает испуганная дама в белой меховой шапке, такой мягкой и нежной, как будто слепленной из дорогой пены для купания. Дама примечает парнишку, околачивающегося неподалёку, и приманивает его пальцем. Парнишка занят очень важным делом: он пытается доплюнуть до одиноко лежащего в грязи прохожего. Прохожий полежит-полежит, поднимется и уйдёт, и в кого тогда плевать? Но тётка в серебряной тачке тоже ничего себе, к тому же, и в неё можно попробовать плюнуть.

– Ну, чего вам? – лениво спрашивает парнишка, подходя к автомобилю.

– Кажется, я немного заблудилась, – признаётся шикарная дама. От неё пахнет дорогими духами, и вся она такая, будто бы только и делает, что фотографируется для журналов мод.

– Вы, наверное, в город едете? – спрашивает парень. – Так это вы не там свернули.

Иногда такое случается: какой-нибудь растяпа сворачивает не там, и вместо города, сияющего огнями и манящего запретными плодами, попадает сюда, на эту грязную площадь, вокруг которой теснятся домишки, хибарки и лачужки, а за ними уже высятся непроходимые леса, да ещё, может быть, поджидают незадачливого путника бездонные зловонные болота.

– Я свернула вот здесь, – дама извлекает из бардачка карту местности, какую-то совершенно свежую, новую, будто только что из типографии. – И теперь я должна быть тут, на шоссе. А не в этом…

– У нас лучше, чем в городе, – патриотично заявляет парень.

– А ты там бывал?

– Не-а. Нафига мне? А вы вот тут, наверное, не заметили развилку, вот к нам и заехали. Здесь с позапрошлого года – объезд. Дорогу весной затопило, наши всё никак не соберутся её поправить.

Дама внимательно следит за грязным пальцем, рисующим на карте объездной путь.

– Очень хорошо. Как бы мне тебя отблагодарить? – она берёт с соседнего сиденья изящную сумочку, запускает в неё руку, пытаясь найти кошелёк.

– Нет, денег мне не надо, – обижается парень.

– Не надо? Ну что ж…– дама собирается попрощаться, закрыть окно и уехать прочь, но парень ещё не закончил:

– Вы меня лучше в город с собой возьмите! Охота что-то на него посмотреть!

– А меня не обвинят в похищении несовершеннолетних? – без тени улыбки интересуется прекрасная незнакомка.

– Я уже большой! Мне можно! Я – ученик токаря!

– И чему же учит тебя этот токарь? – надменно спрашивает дама. А сама уже открывает соседнюю дверцу авто и, не глядя, швыряет сумочку назад. Сумочку она застегнуть забыла. Вся полезная дамская мелочь и бесполезная ерунда высыпается на пол, но даму это не смущает.

– Токарь меня не особенно-то и учит, – хмуро говорит парень и усаживается рядом с красавицей, будто всегда только и ездил в таких автомобилях, на переднем сидении. – Сегодня вот пьёт с самого утра, побил меня, отправил за добавкой. Ох ты ж!

– А ты вместо этого разговариваешь с незнакомыми женщинами, которые могут научить тебя плохому? Может, пока не поздно, вернёшься?

– Ещё чего! Я так долго тут торчал, он меня теперь точно разуделает!

– Тебя как зовут? – спрашивает дама, закуривая ментоловую сигарету.

– Ну, Кай, а вас?

– А меня... – прищуривается та. – Зови меня Снежной Королевой.

– Как в кино, – ухмыляется Кай.

Автомобиль изящно разворачивается и возвращается на шоссе. Случайный прохожий приоткрывает один глаз, но попрежнему остаётся лежать на площади.

В городе у Снежной Королевы есть собственный дом – белый и холодный, как и она сама. В саду стоят ледяные фигуры зайчат, гномов и гусей.

– Чего это? – указывает на них пальцем Кай.

– Это так, – улыбается дама. – У меня было плохое настроение, а эти гадкие зверюшки прибежали в мой сад – и ну его пачкать своими мерзкими следами.

– И? – опасливо переспрашивает Кай и оглядывается назад, на свои следы, пытаясь определить, достаточно ли они мерзкие.

– Дохнула на них холодом и оставила здесь, другим в назидание. Но ты мой гость и можешь ничего не бояться.

В доме Снежной Королевы гулко и пустынно: белый минимализм, как в модных журналах и фильмах про офисную жизнь. Кай осторожно садится на краешек белого крашеного стула, кладёт руки на колени и напряженно ждёт дальнейшего развития событий.

– Ты, наверное, хочешь спросить, почему я не смогла найти дорогу в город? – спрашивает Снежная Королева.

Если честно, парень хочет сейчас узнать только одно: его сразу засунут в холодильник и оставят там умирать – или сначала загонят под ногти с дюжину ледяных иголок, но не решается вымолвить ни слова: его язык будто примёрз к нёбу.

– Раньше я путешествовала на поезде, но в этот раз не было свободного купе. Я терпеть не могу, когда кто-то едет вместе со мной. Но тебя, конечно, это не касается. Ты ведь не такой, как другие.

– Наверное, – скорбно бормочет Кай и изучает свои ногти. Нет, определённо, сначала будут иголки.

Герда бежит домой вприпрыжку: сегодня у неё торговля шла как никогда успешно! Смешной старик фермер выдаёт замуж младшую дочь, и все соседи, и гости, и друзья жениха, сомнительного весьма проходимца, и подружки невесты, дурищи каких мало, с самого утра покупают цветы, много цветов, так что все торговки, распродав товар, отправляются домой ещё засветло. А Герда освободилась раньше всех: ни у кого потому что нет таких прекрасных роз, она их выращивает в специальном крытом парнике, который соорудил Кай. Кстати, надо к нему забежать и вытащить на свадьбу, там будет весело. Только сначала неплохо бы узнать, что это за сходка такая на площади?

На площади, по колено в грязи, толпятся местные жители – с букетами и без. Прохожий, который ещё утром тихо лежал в сторонке, вскочил на крепкий фанерный ящик и ораторствует.

– Чего ещё? – дёргает Герда за рукав свою подружку детства, Мурку, по прозвищу Маленькая Разбойница.

– Фигли чего, твоего Кая какая-то шмара столичная увезла! – отвечает Мурка. – Я бы её ножом пырнула, гадину, если бы увидела!

– Куда увезла? – ахает Герда.

– А кто её знает, куда? Ну, в город, наверное, – шмыгает носом Мурка.– Я бы её сначала ножом пырнула, а потом глаза повыкалывала!

– Но город большой! Как я его там найду?

– Да забей ты. Она, может, его в Америку совсем увезла, – машет рукой Маленькая Разбойница. – А то я бы ей сначала глаза выколола, потом выбила бы зубы, а потом ножом ещё пырнула.

Герда улыбается ей: всё нормально, дескать, я сама её пырну, и отходит от толпы. Если повезёт, на шоссе она поймает попутную машину, и доберётся до города уже завтра. А если не повезёт – будет идти пешком.

Никем не замеченная, Герда уходит с площади. Невольный свидетель похищения продолжает стоять на ящике и разглагольствовать.

Утром Кай просыпается от весьма неприятных звуков: как будто поблизости кому-то сверлят зубы огромным таким, ужасно опасным сверлом. Поёжившись, он спрыгивает на пол, и, закутавшись в одеяло, подходит к окну. Хозяйка старательно буравит непонятным прибором некрупный брусок льда: видимо, решила с утра выпить виски, как это положено у аристократов, а лёд внезапно закончился. Нехорошо, что такая женщина занимается физическим трудом! Нашарив на кресле свою одежду, Кай быстро одевается и спешит во двор, на помощь Снежной Королеве.

– Уже проснулся? – без улыбки улыбается она.

– Я, это, помочь пришел, – говорит он. – Чего вам на холоде торчать, давайте я отколю, что вам надо?

– Ты отколешь! – соглашается Королева. – Я вообще-то мастер по ледяным скульптурам, если ты не в курсе. Вот, тренируюсь на гномах, чтобы квалификацию не потерять. Следующие соревнования будут ещё только через месяц.

– Нормально! – одобрительно кивает Кай и уходит в дом. А он-то поверил, что всех этих ледяных зверюшек она и в самом деле заморозила своим дыханием.

«Подходящий бабец, – определяет Кай, – только бы руки мыть не заставляла и диктантов больше не устраивала. Думает, если я научусь без ошибок писать "вечнась", то так мне сразу секрет вечной жизни и откроется?»

По скудным приметам, а в основном – при помощи интуиции – Герда находит особняк Снежной Королевы. Вот, значит, где живёт эта стерва!

Кай бродит по двору и собирает в корзину кусочки льда: просто для того, чтобы чем-то заняться. Хозяйка дома вырезает очередного ледяного гномика, с лицом Кая.

– Ну что, воровка? – распахнув ногой калитку, кричит Герда и кидается на хозяйку.

– Разве я что-то у вас украла? – отстраняется Снежная Королева. Ледяной гномик с лицом Кая оказывается между ними.

– Вот не надо только делать такой вид, будто ничего не случилось. Ты увезла моего парня – вот его! И ты за это ответишь!

– Разве я кого-то увезла? Он сам попросил подбросить его до города. Ну и прижился у меня.

– Я тебя сейчас ножом пырну! – кричит Герда. – Врать ещё тут будет!

– Только подойди – я знаю такие приёмы, что ты сама на тот свет убежишь! – ледяным голосом говорит Снежная Королева и со значением взвешивает в руке буравчик для льда.

«Пожалуй, они тут и вправду сейчас друг друга поубивают, а то и мне достанется», – соображает Кай и медленно отступает в сторону. Перепрыгнув через забор, он убегает прочь и отправляется в кабак, а то ещё потом придётся свидетелем быть.

Через пару часов Герда и Снежная Королева сидят на веранде и пьют – одна горячий чай с малиной, другая – ледяной тоник.

– Знаешь, мне всё больше и больше нравится идея цветочных скульптур, – говорит хозяйка. – Говоришь, оптом будет дешевле?

– Ну да. А ещё я попробую договориться с одним дядей, чтобы он, ну, значит, доставку организовал, – кивает Герда и берёт из вазочки очередное пирожное.

В дверях появляется Кай. Он уже обошел все окрестные кабаки и заработал себе алиби на случай, если эти сумасшедшие бабы и в самом деле друг друга поубивали.

– Вы помирились, девочки? – заискивающе улыбается он.

– Пошел вон! – хором кричат Герда и Снежная Королева. – С мысли сбиваешь!

– Ну, блин, вы такие разные, а говорите одно и то же, – обиженно бубнит Кай.

– Мы-то разные, – соглашается Снежная Королева. – Только ты почему-то поступил с нами одинаково.

– Иди давай отсюда! – добавляет Герда. – В долю всё равно не возьмём!

Четыре поросенка

Жили-были на зелёной лужайке четыре поросенка. Щипали травку, валялись в тёплых грязных лужицах, нежились на солнышке, как вдруг – бабах и осень! Трава пожухла, в окрестных лесах объявился голодный волк, а в грязные тёплые лужицы прохожие люди наплевали слюней и накидали окурков.

Решили братцы-поросята соорудить себе поросячий домик, чтобы в нём греться и укрываться от врагов, и обязательно чтобы там, в подвале, была такая тёплая большая уютная лужа. Но вот беда – каждый поросёнок по-своему представлял себе идеальный дом для маленьких свиней. Поспорили парни – и решили не мелочиться и построить целых четыре домика.

Первый поросёнок был ленивый и сплёл себе хижину из соломы.

Второй был в самый раз и построил дом из бревен.

А третий оказался упертым и сложил из кирпичей целый особняк, с камерами слежения и сигнализацией.

Но голодный волк пришел из окрестных лесов и сдул два первых домика, а кирпичную крепость, в которой укрылись поросята, он через несколько лет срыл бульдозером, так что пришлось братьям удирать, если жизнь дорога. Жизнь им была дорога, и вот они побежали, резво так перебирая копытцами, и, наконец, добежали до свинарника для бездомных поросят.

В свинарнике в тот вечер было пусто и тихо: только на грязной дерюжке в самом углу лежал чумазый поросенок. Это был пропавший ещё в строительной суматохе брат Ниф-Нифа, Нуф-Нуфа и Наф-Нафа – Неф-Неф.

Пропавший поросенок не таскал солому, не рубил деревья и не ворочал кирпичи. Он взял да и построил себе воздушный замок, в котором и жил все это время.

– Пусти нас к себе в воздушный замок! – попросили бездомные поросята, и вновь обретенный братец с радостью их пустил, потому что ему это ничего не стоило.

А потом явился волк. Ему почему-то очень хотелось разрушить все поросячьи домики в округе, и вот он прослышал о воздушном замке потерянного поросенка и пришел разобраться.

– А ну-ка, поросенок, показывай мне свой воздушный замок! – заорал волк. – Я его сейчас буду сдувать и разрушать!

– Пожалуйста, – пожал плечами Неф-Неф и отошел в сторону, чтобы волку было удобнее.

Волк исправно дул какое-то время то в одну сторону, то в другую, но замку от этого ничего не делалось, потому что он и сам был из воздуха. Перенапрягся волк и умер. А спасенные поросята стали жить-поживать в своем воздушном замке. Но добра они наживать не могли – его хранить было негде.

Кому сказала – марш во дворец!

Золушка сидит на кухне – в джинсах и уютном бесформенном сером свитере, курит сигарету за сигаретой, перепроверяет счета. Нет, она их уже проверяла на той неделе, но нельзя же просто так сидеть, совсем без дела!

В кухне чисто, как в операционной, и так же неуютно, но Золушка этого не замечает. Взять квитанцию. Просмотреть бегло. Сравнить с такой же точно квитанцией за прошлый месяц, записать результат в тетрадь. Затянуться. Выпустить дым через нос. Затушить сигарету, вытряхнуть и вымыть пепельницу. Достать и прикурить другую сигарету.

Она не прерывает своих занятий даже после того, как из очередного облака дыма, покашливая, кряхтя и поругиваясь, вылезает крёстная фея.

– На массаж, стало быть, забила! – проницательно изрекает она вместо приветствия.

– По моим расчетам, это бессмысленная трата времени, – откликается Золушка, не отрываясь от своих счетов. Да, ей тоже не приходит в голову поздороваться с крёстной.

– Тебе надо научиться расслабляться! – в который уже раз повторяет фея. – Иначе принц будет напрягаться рядом с тобой, и у вас ничего не получится.

– Исходя из наших с принцем соционических типов – у нас и так ничего не получится. Кроме того, я изучила подшивки светских газет и пришла к выводу, что ему нравится совершенно другой тип женщин.

Фея критически окидывает взглядом крестницу и небрежно роняет:

– Это уж точно.

– Что – точно? – кипятится Золушка. – А я тебе сразу сказала, что тут – без вариантов. Зря только время потратила – на шейпинг и маникюр. И деньги!

– Лучше бы купила учебник по синергетике макроэкономических процессов, да? – поддевает её фея.

Золушка на некоторое время зависает, в голове её щёлкают тумблеры и переключатели, потом всё же отвисает и говорит:

– То, что ты только что сказала, – абсурд. Такой дисциплины не существует, а следовательно, по ней не может быть учебника.

– Я пошутила, – серьёзно отвечает фея. – А бал – уже завтра.

– Я же сказала – наши соционические типы…

– А я сказала – что – читай по губам: Бал. Будет. Завтра.

– Очень за него рада. На завтра у меня запланировано много неотложных дел, – пожимает плечами Золушка, складывает счета в папку, убирает в шкаф. – Кофе? Чай? Может быть, по рюмочке?

– Золушка, милая, ты, кажется, говорила, что любишь принца, – сладким голоском, который, впрочем, не предвещает ничего хорошего, говорит фея. – И я, кажется, обещала тебе помочь добиться его любви. Так вот – бал завтра. И я привезла тебе приглашение.

– Ну что толку, что толку от того, что я припрусь на этот чертов бал??? – взрывается Золушка и тянется за очередной сигаретой. Фея мягко, но настойчиво перехватывает её руку, а пачку с зажигалкой по-хозяйски засовывает в карман своей волшебной накидки.

– Ни одной сигареты больше. Понятно? И так-то гримироваться придётся, но если от тебя ещё будет вонять, как от курительной комнаты на факультете журналистики СПбГУ, то тебя просто не пустят во дворец!

– Да не поеду я на этот бал! Бессмысленно! Я провела исследование предпочтений принца, я поговорила с двумя его ближайшими друзьями – всё говорит о том, что такая я ему не нужна.

– Такая, – фея интонационно подчёркивает слово «такая», но Золушка делает вид, что этого не замечает. – И в самом деле не нужна. Но мы сделаем тебя другой.

– Всё это мишура, наносное, обман, – шепчет Золушка. – На самом деле я такая, какая уродилась, и все это сразу почувствуют.

– У тебя сила воли – есть? – неожиданно меняет тему разговора фея.

– Ну, есть, – вскидывается Золушка. – Хочешь поспорим?

– Ага, – невинно улыбается фея. – Слабо не курить до завтрашнего полудня, лечь спать вовремя, вместо того чтобы торчать в интернете до самого утра, и хотя бы вымыть голову?

– Почему это – хотя бы?

– Потому что на то, что ты воспользуешься маской для лица, пилингом и примешь тонизирующую ванну, я даже и не рассчитываю. Ну как, справишься?

– Но только ради того, чтобы доказать тебе, что всё это – бесполезно.

– Разумеется, только ради этого, – с облегчением выдыхает фея и исчезает так же неожиданно, как появилась.

Золушка идёт в ванную комнату и принимается колдовать над своим давно уже запущенным организмом так, как учила её фея. Чисто из вредности, а не потому, что она на что-то надеется.

На следующий день Золушка по-прежнему сидит на кухне и штудирует какой-то полезный трактат. На ней те же джинсы и растянутый свитер, но сигарет поблизости не видно и общий вид уже не настолько удручает добрую крёстную.

– Отлично, – восклицает она, вылезая из буфета. – Теперь за дело берётся мастер-имиджмэйкер. То есть – я.

– Ой, вот это уж совершенно лишнее, – отвечает Золушка. – Я сдержала слово, но, повторяю, это ничего не меняет.

– Ох и зануда же ты, деточка! – вздыхает фея, беззлобно ударяет крестницу волшебной палочкой по голове (так основательно, что «деточка» немедленно лишается чувств и сползает со стула) и принимается за дело.

Через час вернувшаяся в сознание Золушка не может оторваться от своего отражения в зеркале и чуть ли не целует его – так оно ей нравится.

– Ну? – самодовольно усмехается фея.

– Офигенно! – выдыхает Золушка. – Только…

– Что – только? Ну-ка, попробуй меня разозлить, узнаешь, на что я способна!

– Только как же я поеду в таком платье – и на велосипеде? Оно же может помяться и запачкаться.

– Карета ждёт тебя во дворе!

– Но… у меня нет прав. И я не умею водить карету.

– Специально обученный кучер уже сидит на козлах!

– Но я…

– Убежать до 12 ночи и потерять туфельку ты в состоянии, я уверена! Большего от тебя не требуется.

– А если…

Фея, вздохнув, снова вырубает чересчур болтливую крестницу при помощи волшебной палочки, а после запихивает в карету её бесчувственное тело.

– Заприте дверь и не выпускайте её, пока не доедете до дворца! – распоряжается она. Бравый кучер козыряет и послушно блокирует все двери.

На этот раз Золушка приходит в себя почти что сразу и тут же начинает биться в стекло кареты: у неё явно есть ещё масса возражений и вопросов.

– Трогай! – приказывает фея и машет вслед карете платочком.

По дороге Золушка всё обдумывает, взвешивает и успокаивается. Если крёстная приложила такие усилия к тому, чтобы отправить её на этот чёртов бал, значит, шансы очаровать принца всё-таки существуют. И чисто из вредности их нельзя упустить!

Да-да, чисто из вредности! А вовсе не потому, что Золушке так уж нравится этот обаятельный, умный, красивый и богатый наследник престола.

Десять белых людей

Один белый-белый человек в белом-белом воротничке сидел в своем белом-белом офисе и делал белые-белые деньги. Делал месяц, делал другой, год делал и два года. А потом наступили черные-черные времена и денег в конторе белого-белого человека значительно поубавилось.

И посадили в его белый-белый кабинет еще одного белого-белого человека. И вот уже они вдвоем, сидя за белыми-белыми столами, продолжали вкалывать-вкалывать на благо родной компании. Но черные-черные времена не отступали, и со временем сотрудников в белых-белых воротничках в этом белом-белом кабинете стало уже трое.

Чистый-чистый воздух постепенно кончался, но это было только начало великих испытаний. Когда компания, по вине все тех же черных-черных времен, начала загибаться совсем, кабинет, в котором когда-то сидел только один белый-белый человек, поделили на части картонными перегородками, и в один из образовавшихся загончиков запустили, как хомячка, четвертого белого-белого человека.

Казалось бы, вот он – предел вместимости кабинета, но нет! Хитрый-хитрый начальник, в целях экономии средств-средств, приказал устроить в злосчастном кабинете второй этаж, поскольку сотрудники все равно большую часть времени проводят в сидячем положении, а до двери они и согнувшись пополам добегут, не велика беда, в коридоре распрямятся. И вот уже в белом-белом кабинете сидят, друг у друга на голове, пять, потом шесть, потом семь белых-белых сотрудников! Когда черные-черные времена совсем стиснули контору своими страшными-страшными клещами, оставшихся сотрудников рассадили по стеллажам, одного подвесили на стенку, а начальнику в этом муравейнике умудрились даже выделить отдельный угол, с подставкой для секретарши. И все кругом были счастливы, что так ловко-ловко распорядились имеющейся в наличии полезной рабочей площадью. Не радовался только самый первый белый-белый человек, который два года сидел-сидел совсем один в этом кабинете, а теперь был вынужден освободить свой угол для начальника и работать отныне в коридоре. Он вышел на улицу, растерянно огляделся по сторонам, а потом пошел купаться в море и больше не вернулся.

Снегурочка

В одном элитном дачном поселке появилась однажды Снегурочка. Такая Снегурочка, что все прочие, которых раньше Снегурочками звали, от зависти позеленели, посинели, покраснели, раздулись и усохли. Пришлось целый полк фотомоделей отдавать на курсы переквалификации.

Осталась в поселке только одна прекрасная дама: та самая Снегурочка, которая из-за своего высокого забора даже не заметила, что по ее вине приключилось.

«Как же, – спросит внимательный читатель, – соседям стало известно о неземной ее красоте, если у нее был такой высокий забор?» Да очень просто.

Сосед Иван, скалолаз-разрядник, и сосед Василий, компьютерных дел мастер, снабдили Снегурочкин забор веб-камерами, которые все ее передвижения по двору, даже и топлесс, засекали и по поселковому телевидению демонстрировали. Но через месяц и у Снегурочки дошли руки до телевизора. Она его включает – а там ее двор показывают! Сначала она обрадовалась: думает, такая: «Ох, я знаменитая стала, про меня кино сняли!» А потом задумалась: кто это кино снял без ее разрешения?

И пошла по соседям – выяснять, что вообще такое происходит и часто ли их, соседей, вот так вот беззаконным образом показывают по телевизору. Оказалось – часто. Иван и Василий, в минуты отдыха, очень любили озорничать со скрытой камерой. И ничего с ними нельзя было поделать: родители узнают, что чужие люди детишек обидели, приедут и перестреляют половину поселка, не разбираясь, кто тут кого обидел. А потом разберутся и вторую половину перестреляют.

– Я, – сказала Снегурочка, оказавшись во дворе Василия, – глубоко возмущена вашим поведением!

– Вы, – сказала она потом Ивану, – еще пожалеете!

И гордо удалилась, цокая каблучками по каменным плитам улицы Цветочная-1.

– О чем пожалеем? Да что мы такого сделали? – закричали ей вслед хулиганы. Но след простыл, и ответа не последовало. Пришлось им позорно бежать за ней и молить о пощаде, мало ли, какие у нее самой родители.

– Прекрасная Снегурочка, прости нас, дебилов и двоечников! – бесновались и юродствовали хулиганы у ворот своей жертвы.

Через пару дней хозяйка смилостивилась, отрыла ворота, велела все скрытые камеры убрать, и без фокусов чтобы, а потом придумать что-нибудь смешное, только без нарушения прайваси, а то тут скучно, а маменька и папенька говорили, что на исторической родине люди умеют веселиться.

– Мы, божественная, хоть что придумаем! – обрадовались помилованные друзья. – Можно в баньку сходить. Можно шашлычок сварганить.

– Банька Снегурочкам противопоказана, – строго сказала Снегурочка. – Тем более с такими, как вы. А шашлычоук – что есть шашлычоук? Я про такое что-то не слышала.

На следующий день Василий с Иваном организовали на тенистом берегу озера знатный шашлычоук. Позвали всех соседей, чтобы похвастаться своей дружбой с прекрасной Снегурочкой. Многие соседи от зависти, конечно, не пришли, но те, которые пришли, были очень рады, потому что им же больше досталось.

– А теперь положено прыгать через костер! – сказал Иван, когда еда подошла к концу и алкоголь как-то тоже иссяк.

– Через костер? – удивилась Снегурочка. – Мне через костер нельзя. Я же Снегурочка все-таки. Сказку не читали?

– Да ладно, ну ты, конечно, Снегурочка, но не из снега же, елы-палы! – возмутился Василий. – Прыгай давай! Мы для тебя шашлычок организовали, а ты прыгать с нами не хочешь? Не уважаешь?

– А за что вас уважать? Напились, теперь какие-то варварские обычаи вспомнили. Что ж я, виновата, что родилась там, где совсем нет снега? Это неполиткорректная дискриминация какая-то! Мои родители – истинно русские люди, хоть и эмигранты, слепили меня из… ну, что было, из того и слепили, назвали Снегурочкой. Все верят, что я из снега. Одни вы нашлись, умные больно.

– Ну ладно, ладно, ты чего? Я так просто, – попятился от нее Василий и своротил мангал в озеро.

– Слепили из чего было? – глумливо поинтересовался Иван, отбегая на порядочное расстояние. – Ну и из чего же, интересно? Откуда ты родом, красотка?

– Из Силиконовой долины!

Вот из чего нынче настоящих Снегурочек делают – а вы и не знали?

Заяц на свободе

Чудесный помощник – волшебный заяц, умеющий исполнять все желания своего хозяина, отпущен на свободу в награду за верную службу. Хозяин, его жена-принцесса, ребятишки, слуги и прочие домочадцы – высыпают на крыльцо, утирают слёзы, машут белыми платочками, кухарка тайком суёт зайцу в заплечный мешок кусок пирога.

– Как же мы без тебя? Куда же мы без тебя? Кто мы без тебя, что мы без тебя? – причитают люди, но заяц уже далеко. Он, значит, свободен. Вот отсюда и до самого горизонта. Очень, очень хорошо.

Весело подпрыгивая и напевая ничего не значащие звуко- и нотосочетания, он добирается до сельской ярмарки, где, войдя в сговор с местным дурачком, демонстрирует номер «Впервые на арене – поющий и танцующий заяц!» Дурачок получает за труды яркую трещотку, заяц, нагруженный гонораром, отправляется в большой город. Тут он теперь будет жить. Да.

Заяц снимает мансарду с видом на заросший двор, набивает трубку, садится в кресло-качалку и чувствует себя абсолютно счастливым, куда счастливее прочих зайцев.

Утром никто не зовёт его, не будит, никто не тормошит, не просит спасти мир прямо сейчас. Заяц просыпается сам, потягивается, соображает, что он теперь – свободный гражданин, сам себе хозяин и задумывается.

Он теперь, получается, может сам отдавать себе приказания и сам же их исполнять. Отлично! Осталось только придумать, чего ему сейчас хочется.

Морковки? Ну, можно и морковки для начала. Выпить чего-нибудь освежающего, со льдом? Мятного лимонада, к примеру? Можно и лимонада. И чтоб на стене самодвижущиеся картинки кривлялись и развлекали его.

Дальше заяц буксует. Кажется, всё, чего только можно пожелать, у него уже есть. С самого детства он мечтал о такой уютной норе высоко над землёй, и курить теперь можно сколько хочешь, а то в его прошлой, хлопотной да подневольной жизни, ему никогда не удавалось докурить трубку, обязательно находилось какое-то дело по его заячью душу.

Может быть, мне охота выйти из норы на свежий воздух, побродить по улицам этого прекрасного города? Да, но с какой целью? – размышляет заяц. – Ну, например, поглядеть, что творится вокруг, исследовать, так сказать, местность. А смысл? Может быть, сходить на рынок, купить зелени?

Но благодаря своим чудесным способностям заяц может заполучить сколько угодно зелени, минуя рынок. Оп – заяц хлопает ушами (только не спрашивайте у него, как он это делает, – рассердится) – и на столе перед ним появляется корзина, до-верху наполненная разными сельдереями, мятами, чабрецами и прочими травками. Даже, если точнее описывать действительность, сначала в воздухе повисает корзина, потом заяц еще раз хлопает ушами и прямо под ней возникает стол: отличный раздвижной стол, за который, при желании, можно усадить всю семью хозяина. Тьфу ты! Нет уже никакого хозяина. Есть свободный заяц – друг человека.

Весь день свободный заяц проводит в кресле-качалке, размышляя над тем, чего бы такого ему захотеть, но кроме пищи, напитков и необременительных романов выдумать ему ничего не удаётся.

Через неделю заяц становится нервным и раздражительным, хотя его, казалось бы, наконец-то перестали раздражать и нервировать. Романы надоели, пища – ну что пища, не пищей же единой? Тем более, что заяц от этой пищи и спокойного сидения в кресле начал поправляться. Это никакому зайцу не на пользу, а волшебному – в особенности. Люди же не станут разбирать, учёный ты или нет, раз жирный – в котёл тебя! В суп тебя! На вертел, на жаркое. И на холодец ещё останется. И не успеешь спасительными ушами щёлкнуть, потому что за них, за уши эти многострадальные, тебя будет держать кухарка, а потом ножиком по горлу – чик, и прощайте, метания и стремления!

Зайцу становится так грустно от этой мысли, что он тут же наколдовывает себе впалые клокастые бока. Видит, что перестарался: ни одна зайчиха не позарится на такого урода. Создаёт из ничего непритязательную зайчиху, пользуется её молодой тушкой, отправляет в небытие. Жизнь вроде бы налаживается? Да как бы не так. Если не считать отдыха, которого теперь ну просто завались как много, заяц ничего такого особенного не заполучил! Там, в прежней жизни, у него была и еда, и романы, и зайчихи, но было ещё что-то, смысл какой-то, подвиги, ну, как у всякого нормального героя, а теперь – ну какой он герой, кто о нём сказку сочинит? Сидел, дескать, заяц в кресле. Ну, вот и сказочке конец.

Заяц решительно вытряхивает трубку, прячет её в карман. Поднебесную нору он решил пока оставить за собой – всякое может случиться. Хлопает ушами, переносится на порог своего старого дома.

– Здравствуй, хозяин. Я тут решил вернуться к тебе. Не выгонишь? – как бы дурачась, спрашивает заяц, хотя ему очень важно то, что ему сейчас ответят.

– Да ладно уж, заходи. Найдём тебе дело, – отвечает хозяин, тоже будто бы невсерьёз, хотя он страшно рад. Теперь этот чудесный помощник, свободы своей ненаглядной накушавшийся, никуда от него не денется. Умный мужик, ничего не скажешь. А то кто бы ему такого зайца доверил?

Всё по сказке

Золушка убегает с бала без пятнадцати полночь. Изящно топает через всю роскошную залу, артистично поскальзывается на ступеньках, стряхивает с ноги туфельку и спешит во двор, где её ждёт карета. Ждёт-пождёт. Уж полночь близится, а принц и не думает догонять прекрасную незнакомку.

Отработанным движением перенастроив на карете таймер, Золушка возвращается во дворец.

– Я тут у вас туфельку потеряла, – шепчет она на ухо уборщице. – Помогите найти, я хорошо заплачу!

Когда туфелька снова водворена на ногу, Золушка, будто бы ничего и не случилось, принимается прохаживаться туда-сюда в поисках принца. Он, конечно, смотрел на неё чаще, чем на других, ну так это потому, что она ещё полгода назад перекупила все места напротив его скромного креслица и выкрасила волосы в ярко-малиновый цвет. Тут не захочешь – а посмотришь!

Но сейчас уже поздно, и принц покинул своё место, чтобы побродить по саду в тишине и покое. Как бы невзначай, Золушка прикрывает глаза и даже слегка закатывает их под веки, принимается усиленно обмахиваться веером и энергично требовать нюхательную соль – слишком энергично для обморочной слабой девы, но никто не замечает столь очевидного недочёта. Добрые лакеи выводят бедняжку на свежий воздух, в прекрасный королевский сад, туда, где прогуливается ни о чём не подозревающий герой её грёз, и Золушка начинает всё сначала: изящно бежит, грациозно поскальзывается, стряхивает туфельку прямо на пути у ошарашенного принца и стремительно исчезает за ближайшим раскидистым дубом. Принц аккуратно, чтобы не оставить отпечатков пальцев (а то потом поймают и заставят жениться), подцепляет туфельку веткой, отодвигает со своего пути и продолжает неторопливо прогуливаться.

Золушка мигом выскакивает из тени приютившего её дуба, скидывает вторую туфельку тоже, натягивает дорогие кроссовки, в которых нога дышит и отдыхает, а не страдает и потеет, подхватывает свою хрустальную обувку и кидается в погоню за принцем. Далеко он не ушел: бредёт по аллее, вдыхает прохладный вечер-

ний воздух и радуется, что так ловко удрал с этого скучного и шумного бала. Пусть-ка теперь придворные помучаются, им за это деньги платят! Его приятные размышления прерывает топот ног оскорблённой в лучших чувствах Золушки.

– А ну-ка стой! – кричит она и швыряет в него хрустальную туфельку с левой ноги. Принц уворачивается, понимает, что дело худо, и припускает по тропинке к потайной двери дворца, через которую можно попасть в подвал. В подвале живут пауки, крысы и выживший из ума старый палач, но туфельками там никто не дерётся и не кидается. Хорошо в старом сыром подвале!

– Стой, тебе говорят! – повторяет Золушка. Останавливается, подбирает свой затейливый метательный снаряд и бежит вслед за принцем. – Ты должен действовать по сказке! Возьми мою туфельку! Отправь слуг на поиски прекрасной незнакомки! А потом найди меня и назови своей невестой!

Уже на пороге тайного коридора, ведущего в спасительный подвал, принц останавливается, показывает Золушке язык и кричит:

– А я и действую по сказке! Через год во дворце будет бал, на который прибудет прекрасная незнакомка в хрустальных туфельках, которая станет моей женой. Через год, слышишь ты, самозванка?

Дверь за принцем со скрежетом захлопывается, а Золушка остаётся одна в саду, тихом и прекрасном, даже слишком прекрасном для такой одинокой девушки.

«Мы, женщины, должны проявлять инициативу и не ждать, пока мужчины обратят на нас внимание, – звучит в её голове уверенный голос крёстной. – Этак ты год прождёшь, пока принц тебя заметит! Действуй решительно, наследникам это нравится!»

– Ну, фея! – бормочет Золушка, сдерживая рыдания. – Ну, крёстная! Это сорок розовых кустов можно за один миг посадить и ничего им от этого не сделается, а принцу всё-таки надо дать возможность решиться самому.

Немного о Мэри Поппинс

Когда от Бэнксов ушла старая няня Кэтти, мистер Бэнкс немедленно дал объявление в местную газету о том, что Джейн и Майклу, не говоря уже об их инфантильных родителях, требуется самая лучшая нянька с самым низким жалованием. Он даже как будто бы опасался, что няньки выстроятся в очередь у ворот его дома, и полицейский потребует шиллинг за нарушение общественного порядка. Но нет. На следующий день у калитки обнаружилась одна только Мэри Поппинс. Характер у нее был скверный, рекомендаций она не признавала, денег просила столько, что можно было каждому ребенку нанять по персональной няне, и ещё бы осталось на кухарку и садовника, но у мистера Бэнкса, к сожалению, не было выбора, а миссис Бэнкс обещала впасть в истерику, если няня, любая, хотя бы и эта, не приступит немедленно к своим обязанностям.

Мэри Поппинс была немедленно нанята на работу, а через пару дней, как это часто случается, объявление мистера Бэнкса было опубликовано в газете, и самые лучшие няньки королевства столпились у калитки, потрясая своими рекомендациями и требуя столь низкое жалование, что даже у бывалого морского волка капитана Блума закружилась голова. Полисмен негодовал, но Бэнксам было уже все равно: у них завелась прекрасная Мэри Поппинс, которая, по правда говоря, проходила мимо дома 6 по Вишневому переулку совершенно случайно и собиралась устроиться на работу именно в ту газету, которая так любила запаздывать с публикацией объявлений о найме нянь.

Специальное предложение

Когда Оле-Лукойе прожил все наследство, доставшееся ему от тетушки, оставалось либо прожить заодно и зонтики – черный и цветной – а потом пойти работать в офис, либо найти иной, более сказочный выход из положения.

Отказавшись от миссии быть дирижером детских сновидений, он заперся в своей каморке и принялся спать, несколько раз за ночь меняя цветной зонтик на черный и обратно, чтобы увидеть во сне хоть какой-нибудь выход из ситуации.

В последние годы свои зонтики он раскрывал над детскими кроватками уже чисто по привычке: давным-давно хорошие дети пристрастились смотреть перед сном мультики, а плохие – ужастики. Так что и снились им потом картинки с экрана, а зонтики разве что спасали от сырости тех детей, что жили в домах с протекающей крышей.

По ночам Оле-Лукойе спал, мучительно пытаясь придумать способ подзаработать, а днем бесцельно бродил по улицам города, держа под мышкой оба своих зонтика, даже если дождя никакого в природе не намечалось. Так и наткнулся на него повзрослевший Яльмар. Оле-Лукойе стоял, прислонившись спиной к стенке, ел хот-дог, крепко держась за свои зонтики. Яльмар был умным и наблюдательным, поэтому сразу понял, кто перед ним есть, но не подал виду – застеснялся. Этот сказочный человек помнил его хорошим, добрым мальчиком. А теперь он стал плохим и злым. Он продавал людям вещи, которые им совсем были не нужны. Последние деньги у бедняков забирал, оставляя им взамен ненужный, бессмысленный товар, за который предстояло ещё несколько лет выплачивать кредиты.

– Послушайте, господин с зонтиками. Я вижу, что вы чем-то огорчены, – сказал Яльмар, просто для того, чтобы что-то сказать.

– По правде говоря, у меня закончились деньги, – признался Оле-Лукойе. – Закончились деньги, и я ну совершенно не знаю, как быть дальше.

– Погодите-ка, но вы же как-то жили раньше? Чем-то зарабатывали себе на хлеб? Ну хоть хобби у вас какое-то было?

– Да, так, чего там, – вздохнул Оле-Лукойе. – Ерунда всякая, бесполезная и не нужная людям.

– А для чего вам эти два зонтика, когда погода всю неделю ожидается ясная? – попытался подсказать Яльмар.

– Зонтики? Да надо бы их выбросить, конечно, а я, старый дурак, дорожу ими, как частицей прошлого.

– Неужели они совсем ни на что не годятся? – притворно удивился Яльмар. – Тогда продайте их мне или отдайте за так.

Оле-Лукойе поколупал носком ботинка землю. Помялся, огляделся по сторонам. И рассказал Яльмару свою историю.

Через пару часов они сидели в прекрасном летнем кафе. Оле-Лукойе ел из фарфоровой чашки восхитительный суп-пюре, из кухни доносился еле уловимый запах каких-то цветочных пирожных.

– Вы уверены, что я справлюсь? – озабоченно произнёс Оле-Лукойе.

– А кто же, если не вы? Сперва раскрываете над головой потенциального покупателя черный зонтик – чтобы показать, как в его жизни все беспросветно без нашего уникального продукта, о котором я вам говорил. Потом, минут через сорок, когда кошмары вдоволь наистязают беднягу, в дело вступает зонтик цветной. И измученный кошмарами клиент видит, как ему будет нечеловечески хорошо после приобретения этой вот штуковины. Предлагаю 5% от всего объёма продаж. Ну как? Каждый день можно будет так обедать! Да что обедать! Дом себе купите со временем! Женитесь.

Оле-Лукойе задумался. Жениться ему что-то не хотелось, но этот добрый парень подкинул ему интересную идею. Если на 5% он сможет жить припеваючи, то это, должно быть, действительно очень ценный продукт.

– Я согласен, – застенчиво проговорил он. – Только можно мне выдадут эту вот штуку вместо первой зарплаты, а?

– Даже и не думайте об этом! Стоит вам хотя бы один раз воспользоваться нашим уникальным продуктом, и вы поймёте, какая это на самом деле фигня. Стал бы я иначе привлекать к её раскрутке специалиста такого высочайшего класса! – неожиданно для себя выпалил Яльмар и заткнул рот салфеткой, но было уже поздно.

– Ты честный мальчик, Яльмар! – улыбнулся Оле-Лукойе, утёр губы и исчез из кафе вместе со своими зонтиками, словно бы его там и не было. Неужели же вы поверили в то, что в наше время добрый сказочник может остаться без работы?

А Яльмар ещё долго потом сидел над тарелкой десерта и думал о том, во что его превратила эта взрослая жизнь. Говорят, в тот же день он уволился, снял с банковского счёта все свои немалые деньги и отправился путешествовать. И на следующую же ночь ему приснился расписной добрый сон, совсем бесплатно, как в детстве.

Хотелось бы сказать

Ух, я бы сказала! Я бы вот так открыла рот и прямо ему сказала: «Идиот ты, хозяин!» Потому что он и вправду идиот. Спит вот, дуралей несчастный. Эй, ты, вставай. Мне гулять пора. Ну, с добрым утром, страна. Что глядишь волком? Ты не смотри, что я тоже гляжу волком – у меня порода такая. Какая? Да никакая. Сам ведь на помойке подбирал, должен помнить. Или не помнишь? Куда уж тебе. Ты вон за столько лет даже не запомнил, что по утрам меня нужно выводить на улицу.

Эге... Вижу, здорово вы вчера посидели с другом. Друг-то ничего, хорошо выдрессирован, ушел на задних лапах, как и пришел, а ты вот на четвереньках полз до своего матраса. Зачем?

Хотелось бы сказать. О, если бы я могла реализовать это желание – желание сказать – ты бы у меня узнал. Гав-гав! Гулять! Гулять! Гав-гав! Нет, не ищи. Эту заначку ты вчера рассекретил и споил другу. Да. И эту. А тут у тебя ничего нет, потому что я давно гав-гав опрокинула... Ну, не сердись. Давай я тебе помогу. Ав? Правильно. Вот смешной. Надо будет у других собак спросить – у них хозяева такие же смешные? Все забываю как-то. Не вписывается этот вопрос в канву светской беседы. Смешной, смешной.

С утра сперва ищет свои склянки. Если находит – пьет из них. Не находит – идет на кухню и пьет прямо из-под крана. И ведь практически всегда (как сейчас, ага) ему приходится пить из-под крана. Так зачем склянки?

Во! В этом и заключается главная человеческая загадка. В склянках. Что-то в них содержится... Какая-то пища, недоступная нашему, песьему восприятию. Ах, черт. Когда я была помоложе, он подмешал мне в миску этой своей еды. Я лежала в углу, противоположном мусорному ведру, и тихонько отгоняла лапой назойливых комаров, хотя была зима и комары должны были спать.

Но мои комары – ничто в сравнении комарами, которых иногда гоняет мой хозяин. Они у него, наверное, преогромные – вон как иногда машет руками. Помнится, раз сидел он со своими склянками один целую неделю, меня выпускал гулять без сопровождения (тут-то у меня чуть не завязался романчик с этим боксером. Н-да, приятный был мужчина. Так, сколько раз себе обещала – не думать о белом боксере. Баста, карапузики). Так вот, боксер. Сейчас, сейчас вспомню. Высоченный. Кривоногий. С виду – злой-презлой, а на самом деле – нежный, ранимый. Как вот этот мой хозяин. Да-да, про тебя, ути-пути, умничка! Сейчас гулять пойдем? Ах, ты мой догадливый! И часу не провалялся! Гулять! Гулять! Гулять!

Так вот, обратно о боксере... Ну ладно-ладно, немножко подумала о нем. Подумаешь! У меня сегодня – вечер воспоминаний. Кстати, хозяин, у нас в доме и лифт есть. Не помнишь? Эк тебя! То-то ты так шустро собрался. Ну, пошли. Ты, мой дорогой, куда направил стопы своя? А? Я там еще вчера справлялась – магазин закрыт на переучет. А я почем знаю? Может, собачей еды. Или человечьей. Эх, если бы я могла сказать. Ну ладно, пошли. Мне же лучше. Может быть, увижу мельком его... Кого? Его! Нет, лучше уж я подумаю о белом боксере. Как о мимолетном виденье.

Ну куда, ну куда тебя несет? Рядом! Рядом, человек! Вот так, хорошо. Сначала они учатся ходить на двух лапах, а потом нет-нет да и норовят дать себе поблажку. За фонарь какой-нибудь уцепиться. Ага, как раз в тот момент, когда я этот фонарь хочу обозначить территориально. Ну и кто сказал, что так только кобели поступают? В наш суровый век феминизма и эмансипации так поступает любая здравомыслящая сука. Чтобы вот.

Хозяин, не надо. Не надо в этот двор. Пожалуйста! Он же решит, что я специально под его окнами гуляю. Эх ты-ы! Ну кто же так территорию метит? Да на этот закуток и не позарится никто. Смешной ты у меня. Вот пометил бы ту красивую машину. Она и пахнет не так омерзительно, как остальные. Пометил бы ее, и мы бы с тобой поехали куда-нибудь и там бы погуляли.

А еще у людей есть странная особенность – метить территорию едой изо рта. Мой хозяин так иногда делает. Но всегда выбирает какие-нибудь жалкие, никому не нужные места. Это потому, что мой хозяин – неудачник.

Ну, я так и знала. Он! Так бы и дала по спине лапой! Даром, что такса, а злющий, как три бладхаунда. Вот, хозяин, полюбуйся, как должен себя вести мужик, чтобы его любили. Ах! Ушел...

Сказать бы тебе, двуногому. Думаешь, она просто так к тебе заходит? Эх, человек несмышленый. Она когда входит и тебя видит – от нее сразу и пахнет-то по-другому. Уж можешь мне поверить. Нам, приятель, нужна хозяйка в доме. Чтобы покупала тебе твою еду в склянках, а меня кормила вовремя и чесала за ухом. С точки зрения физиологии – это совершенно бесполезное приложение силы. Блох у меня нет. Но поверишь ли – мне приятно, когда она чешет меня за ухом!

Эй, мужик, ты кто таков? Гав! Гав! Гав! Иди-ка себе по добру, а то по злобе могу и штаны разорвать, и за ноги укусить. Я злющая! Испужался, очкарик?

То-то же! А то «Как пройти, как пройти!» Так тебя мой хозяин и отведет, куда тебе там надо пройти! Разбежался. Ему бы самому добраться до магазина, узнать, что он закрыт, почесать подбородок, добрести до ларька, а там уж как повезет.

Если бы только говорить, как человеки говорят. Я бы тебе все высказала, паразит ты этакий! Жизнь мою молодую загубил! Я с тобой, пьяницей, света белого не вижу. Все больше белую горячку. Эх, убежать бы от тебя на волю, в пампасы! Стать дикой собакой динго. Охотиться на кенгуру и туристов. Вот это была бы жизнь!

Что, обидно, да? Видишь, надпись – «закрыто»? От нее пахнет так, что за двадцать метров понятно, что это за надпись такая. Вот дурной! Со своим поганым куревом весь нюх потерял. Ну, уткнись еще в эту надпись носом. Вот. Учуял? Закрыто. Пошли дальше гулять.

А некоторые для того, чтобы лучше чуять, на нос нацепляют очки. Я сама видела этот людской намордник. Ой! Что же это вы не смотрите, куда едете? Обрызгал всю. Р-рав! Хам невоспитанный.

Давай-давай, человечина, шевели ногами, а то на собачие консервы пустят. Вот, видишь, открыт твой ларек. Надо было сразу туда идти. Тогда бы посидели в парке. Ты бы лакал свою жижу, а я – болтала с подругами. А так ты уже устал, обозлился на закрытый магазин, потащишь меня сразу домой, хотя мне, по науке, еще положено гулять и гулять, там запрешь дверь, достанешь свое курево. А не достанешь ты его. Ты его купить забыл и сейчас не вспомнишь. И это радует.

Пошли, малохольный. Потихоньку, подобру-поздорову. Ты вот это, не подбирай эту склянку. Она все равно пустая. Эх, коллекционер. Ну зачем, зачем тебе эта пустая склянка? У тебя ведь в кармане три полных. Давай-давай, шевелись, на работу пора.

Хотелось бы сказать... Хотелось бы. Да что толку! Ведь ты, мой хозяин, – глухонемой дворник.

Винни-Пух и все-все-все в интернете

У Винни-Пуха был сайт о меде. Иногда он заманивал туда пчел, чтобы накрутить счетчик, но они неизменно оставляли ему обидные комментарии: «Никакая ты не тучка. Ты – самый обыкновенный медведь!»

У Пятачка был не сайт, а персональная страничка Пятачка. Он очень боялся, что Слонопотамы ее взломают, поэтому никому не давал ссылку.

У Кролика был такой интересный сайт, что Винни порой не вылезал оттуда неделями.

У Совы на сайте была только гостевая книжка, снабженная кнопкой «Прашу нажать, эсли не атвичают» и «Прашу не надаедать, эсли не атвичают».

У Иа-Иа был когда-то сайт, но пароль он потерял вместе с хвостом, потому что думал, что записывать пароль на хвосте наиболее безопасно.

У Кенги был самый популярный сайт – крошка.ру. Кенга всегда носила с собой ноутбук в специальной сумке и доставала его при любом удобном случае.

А у Кристофера Робина не было сайта, ведь ему еще не исполнилось 13 лет.

Студия Золушки

Прежде чем собираться на очередной бал, старшие сёстры посещают Студию Золушки. Им по семейным обстоятельствам полагается скидка в 10% – очень значительная скидка, если принять во внимание цены, которые заламывает Золушка.

– Привет, сестрица, – говорит обычно старшая, пока средняя восхищённо крутит головой. (Приёмная Золушки похожа на чудесную шкатулку с девчачьими драгоценностями: ну, знаете, красивые лоскутки, бусинки, пуговицы, иностранные монеты, разноцветные стеклянные шарики – загляденье!)

– Здравствуйте, мои дорогие, – приветливо улыбается Золушка. – На бал в честь прибытия иностранных послов собираетесь?

– Ну да, – кивает старшая. Она уже привыкла к тому, что Золушка узнаёт о всех культурных мероприятиях за месяц до того, как идея их проведения приходит в головы организаторам.

– Вам полную консультацию или только платья подобрать? – уточняет Золушка и достаёт из шкафчика несколько папок с прайс-листами.

– Полную, полную! – выскакивает вперёд средняя сестра. – Экономить больше не будем! На прошлом балу я почти закадрила одного иностранца, вполне шикарного.

– А у меня модный придворный менестрель даже телефончик попросил! – похваляется старшая.

– Значит, иностранец и менестрель. Сейчас подумаем.

И придумывает, конечно – за все эти годы она уже приноровилась драпировать и ретушировать барышень разной степени привлекательности, а уж эти две кикиморы ей только что в кошмарах не снятся, во всём блеске своего безобразия.

Как же они доставали её в детстве, как мучили в юности! Устав наряжать, красить и обучать хорошим манерам своих несносных сестриц, Золушка удрала от них в город, и теперь за большие деньги наряжает, красит и обучает местных барышень. Вместе с милой крёстной, Феей Ивановной, они заткнули за пояс все модные магазины и салоны, потому что не найти в мире человека трудолюбивее Золушки. Не родился ещё.

У барышни, посетившей Студию Золушки, значительно возрастают шансы на замужество. Многие верят, что им помогли полезные советы, модный макияж и одежда, сшитая точно по мерке. Золушка не разочаровывает их. Да, конечно, подчеркнуть достоинства и скрыть недостатки – это уже половина дела, но главное даже не это. Женихи всего мира одинаковы: если им не намекнёшь, что предложение делать можно и нужно, ни за что руку и сердце на блюдечке не поднесут. Зато если нежная дева посетила перед балом Студию Золушки и хвастается этим направо и налево, всем становится понятно, что нежной деве хочется замуж. Особенно – потенциальным женихам. А заодно и вечным женихам – то есть таким бесчестным принцам, которые только и делают, что обманывают доверчивых принцесс и потом на них не женятся. Когда из колоды извлечены все джокеры, барышне становится легко и приятно устраивать свою семейную жизнь. Особенно – принарядившейся ради такого случая барышне.

Сколько счастливых семейных историй и благодарностей можно найти в Гостевой книге Салона (жалобы на мужа-алкоголика и жену-истеричку, приобретённых стараниями Золушки, Фея Ивановна виртуозно удаляет через мгновение после того, как они появились, – фея всё-таки).

Одни лишь старшие сёстры всё никак не могут устроить свою судьбу – и то потому только, что всем потенциальным женихам (кроме нежадных до сплетен иностранцев и модных менестрелей, витающих в облаках) известно, из-за кого Золушка покинула отчий дом. «Женишься на одной из этих мымр, а потом не будешь знать, куда бежать!» – рассуждают благоразумные женихи и обходят сторонкой засидевшихся в невестах сестёр Золушки.

А что же она сама? Почему так до сих пор не ответила взаимностью уже почти отчаявшемуся принцу, а продолжает изо дня в день приукрашивать, привораживать, пудрить носы и мозги всем, кто не спрятался? Да потому, что нежных дев, которым охота замуж, полно в любом дворце, где устраиваются балы и дискотеки, а Золушка – одна такая во всём мире, а уникальность в наше время ценится дороже, чем обручальное кольцо на безымянном пальце.

Новые приключения Незнайки

На самом деле Незнайка оказался единственным настоящим ребенком, по ошибке попавшим в закрытый Цветочный город. Остальные его жители были просто карликами. Доктор Пилюлькин – карликовый доктор, Винтик и Шпунтик – карликовые механики, Знайка – карликовый профессор.

Просто однажды какие-то добрые ученые собрали всех крошечных людей в одной резервации, чтобы их никто не обижал. Выдали им квартиры, снабдили всем необходимым, и коротышки стали радоваться. А Незнайку к ним уже потом прислали – он был умным и своеобразным мальчиком, вот его и приняли за взрослого. Отправили в Цветочный город и ни о чём заранее не предупредили. Подумали – ну, не ребенок уже, сам поймет, что и как, найдет там себе какую-нибудь подружку. А Незнайка был именно что ребенком. Многого не понимал, а что-то наоборот – видел и ощущал гораздо лучше, чем взрослые.

Прочие коротышки считали Незнайку блаженненьким – ну ведь должен же быть в городе коротышек свой сумасшедший коротышка, как у больших, пусть уж лучше будет этот, безобидный, стишки пусть пописывает корявые и радует людей.

Коротышки смеялись над Незнайкой много лет, а он рос и учился на своих ошибках, и в один прекрасный момент окончательно вырос и поколотил насмешников. А потом уехал из закрытого Цветочного города в большой мир, ведь впереди у него была целая жизнь.

Две лягушки

Однажды две молодые неопытные лягушки, соревнуясь в прыжках, угодили в кувшин со сливками. Первая, как известно, утонула сразу, вторая – долго сокращалась всем организмом, отчего под ней образовалось масло, и она благополучно упрыгала из кувшина на волю, где и была сожрана первым попавшимся аистом.

Полагается восхищаться выносливостью и упорством второй лягушки и всячески порицать за леность и уныние первую.

А если подумать? Первая лягушка, оказавшись в свои неполные – ну сколько ей там было недель? – в сливках, поняла, что вот для нее отличнейший жизненный итог: и приятно, и вкусно, и прославиться заодно можно. Побултыхалась немного для своего удовольствия и отбыла в мир иной, купаться в сливочных облаках до скончания веков. А вторая – ей больше всех надо было – решила, что ей мало тех сливок, которые в кувшине, и вообще они кислые, и начала с ними бороться своими лягушачьими методами. Выбралась, конечно, потому что ей очень надо было. А снаружи ее уже поджидал голодный злобный аист. Ну или не аист даже. Предположим, вторая лягушка удачно миновала все опасности, плюхнулась в родное болото и там сидела, не высовываясь, до самой смерти, чтобы опять куда-нибудь не загреметь. В болоте грязно, вонько и противно, аисты туда-сюда шляются и ничего радостного не происходит. Старая стала лягушка и постепенно померла. И не было ей после смерти никаких сливочных облаков. Потому что она бы из них дождь с градом сбила, а кому это там, наверху, надо?

Человек-невидимка

Одного Васю злая ведьма наказала и сделала невидимкой для тех, кто был ему нужен. Васе, например, Леша нужен, а Леша этого Васю в упор не видит. И так Вася перед ним покривляется, и этак – нет, не видит и все тут. Обнаглел Вася, решил, что все, баста, невидимка он теперь, а невидимкам все можно, и пошел к соседке – соль воровать (на пробу). А соседке вечно от Васи чего-то надо было. Она его у себя в кухне увидала и такая говорит: «Ой, Васечка, как хорошо, что ты зашел, ну-ка почини мне унитаз!» Вася соль воровать прекратил и пошел чинить унитаз. Потом ему чего-то от дяди Саши понадобилось. Но не видит его дядя Саша, в упор не замечает. Вася к соседке, а у соседки душ сломался!

Так и метался Вася от одного нужного человека к другому, и смотрели все нужные люди сквозь него и вдаль. Не видели нужные люди Васю-невидимку. А у соседки все ломалось и ломалось личное имущество.

Расстроился Вася и решил на этой соседке жениться. Приходит к ней – руки просить и сердца, а соседка его не видит.

Тут-то он соль у нее и украл!

Пьер Шарло

В одном прекрасном королевстве жил один не менее прекрасный принц. И хоть был он прекрасен собою, но жениться почему-то не хотел. Потому что с детства боялся государственных переворотов. Такая уж была в его родимом королевстве традиция – свергать королей с престола и предавать их затем смерти. В последнее время королей и вовсе свергали их жены, начитавшиеся разных вредных заграничных мыслительниц и возмечтавшие о равноправии. Равноправия у них никакого не получалось, получалась сплошная тирания и регентство, от чего юные прекрасные принцы росли забитыми и пугливыми, их потом, когда они становились прекрасными королями, было очень удобно свергать и предавать смерти.

Матушка нашего принца, назовем его Пьер Шарло, не была исключением: казнив своего мужа через несколько лет после свадьбы, она прожила долгую и счастливую жизнь веселой вдовы. Теперь же она совсем было уже собралась помирать, даже казнила на прощание всех фаворитов, чтоб не доставались они никому, но так хотела взглянуть на будущую невесту своего сына, что кое-как держалась за жизнь. Не мог юный Пьер огорчить вдовствующую королеву, тем более, что она обещала его при случае казнить, если невеста в скором времени не будет представлена ей по всем правилам высшего света.

Принц понял, что все одно – помирать, и решил было малодушно покончить жизнь самоубийством, но вовремя вспомнил о своей крестной – доброй фее, жившей на болоте, от костров инквизиции подальше. Приняв должные подношения – бочонок солонины и пятилитровую бутыль крепленого вина – фея поплевала на крысиный череп, повертела в задумчивости блюдце, посмотрелась в хрустальный шар, пригладила седеющие брови и, наконец, обратила внимание на принца.

Пьер был готов к любым, самым суровым, испытаниям, но фея была все-таки крестная ему, а не чужая тетка. Покопавшись в пыльных сундуках, она нашла засохший венок из одуванчиков, такой дряхлый, что того гляди – развалится.

– Этот венок еще твоя матушка по воде пускала, когда на жениха загадывала. А твой батюшка его подобрал себе на горе. Ну и вот. Может, и тебя он погубит. А может, наоборот – спасет.

Сказавши это, фея прикоснулась к венку волшебной палочкой, после чего он нехотя превратился в золотой обруч красоты неописуемой. Принц попробовал обруч на зуб, попытался натянуть на голову, но обруч налезал только на кулак.

– Маловат будет, а, тетенька? Может, отдать кузнецу, чтоб растянул? – озабоченно сказал принц. – Но золото самое настоящее, такого у нас уже давно не делают.

– Нормальный обруч, в самый раз, – сварливо ответила фея. – Иди, Пьер, ищи будущую королеву. Которой этот обруч впору будет – та и есть твоя невеста. Потому что головенка у нее такая маленькая, что никакие интриги и перевороты в ней не поместятся.

Поблагодарил принц добрую крестную, да и пошел на поиски своей принцессы. Нашел, конечно. Она за печкой сидела, тараканов грамоте учила. Понравился ей и обруч золотой, и принц Пьер, собою прекрасный. Да и она, когда отмыли ее в специальной королевской лоханке, тоже оказалась очень даже ничего. Вдовствующая королева молодых благословила и со спокойным сердцем умерла. А молодые жили с тех пор недолго, но счастливо. Покуда не охмурил молодую королеву пригожий граф, да и не совершил очередной государственный переворот, со свержением короля и преданием его смерти. Молодая же королева, по скудоумию своему, так до конца жизни и не поняла, что это такое вдруг приключилось, но зато неожиданно для всех произвела на свет младенца женского пола, после чего умерла, не приходя в сознание. Младенца объявили наследницей всего королевства и с малолетства стали учить искусству распознавания заговора и интриги.

– Ну, конец, стало быть, смутным временам, – облегченно вздохнула на своем болоте добрая фея и отбыла в мир иной, вслед за остальными героями этой сказки.

Агентство предсказаний возможного

– А вы обладаете достаточным количеством сертификатов и дипломов, подтверждающих ваше право давать консультации такой сложности?

С этой фразы всё всегда и начинается. Сначала они записываются на приём, платят деньги, задают вопросы, получают ответы, а потом отказываются верить. «Что значит – акции упадут? Как это – упадут? Кто вам сказал?» – «Никто. Просто я знаю, что они упадут». – «То есть, выдумываете из головы?» – «Я из головы – знаю. Я всегда знаю, таков мой дар». – «Понятно, морочите серьёзных деловых людей!»

Серьёзные люди уходят, не поверив ни одному слову Кассандры, а на следующий день падают акции, самолёты, рушатся планы и судьбы. Она предупреждала, но к её словам не прислушались – кто же виноват?

Таким образом, дела у Кассандры и её «Агентства предсказаний возможного» идут в гору: истории о том, как глупый бизнесмен Петров заплатил за предсказание, не поверил в него, но оно всё равно сбылось и принесло ему массу убытков, рассказываются на презентациях, встречах, тренингах, перепечатываются в деловых журналах и в Интернете, заставляя глупого бизнесмена Петрова скрипеть зубами и спешно менять фамилию.

Каждый, кто заплатил за приём, думает: «Уж я-то не оплошаю. Я твёрдо знаю, что иду за предсказанием. Я его получу – и использую, себе на благо».

Но всё меняется, когда серьёзный деловой человек входит в кабинет Кассандры. Она сидит в углу, на подушках, на ней – невообразимый балахон, деловой маникюр и строгая причёска отсутствуют, на стенах вместо графиков и схем – фотоизображения каких-то улочек, домиков и мостов.

– А, здравствуйте, здравствуйте, – искренне, а не корпоративно, улыбается Кассандра. – Очень вовремя. Если вы будете так нервничать, то на следующей неделе загремите в больницу. Надолго. Возьмите небольшой отпуск, поручите помощникам вести дела, без вас ничего серьёзного всё равно не произойдёт.

– Вы хоть понимаете, о каких делах идёт речь? – возмущается посетитель.

– Неа, – мотает головой Кассандра. – Если я буду вникать во все ваши дела, то могу и свихнуться. А если я свихнусь – кто же вам, бедненьким, советы будет давать?

– Подруга, а ты не свихнулась ли – уже? – переходит на доверительный шепот серьёзный деловой человек. Ему кажется, что его дурачат. Более того – морочат и надувают.

– Не знаю. Может, и свихнулась, – пожимает плечами Кассандра. – Но на предсказаниях это никак не отражается. Парень, которому я неделю назад не советовала преступать закон, уже арестован. Утром по телику сказали. Так что послушайте меня – и немедленно отправляйтесь в отпуск!

Тут и начинается знакомая песня о сертификатах, дипломах и прочих бумагах. Сами подумайте, какой серьёзный деловой человек поверит предсказаниям неизвестно кого! Нашли тоже дурака!

Неудивительно, что Петров чуть не разорился, поверив этой Кассандре. Он бы ещё гороскопы в бесплатных газетах читал.

– Вот что, милая, верни-ка мне деньги – и мы в расчете.

– Верну, – невозмутимо отвечает Кассандра. – Согласно договору. Через неделю после того, как предсказание не исполнится. Но вам это вряд ли поможет – вы в этот момент в коме будете.

«Ну точно, как же я сразу не догадался! – рвёт на себе волосы посетитель. – За эти две недели она мои деньги прокрутит везде, где только можно, получит проценты и положит их себе в карман. Олух я, олух!» Этого огорчения ему как раз не хватало для того, чтобы загреметь в больницу – надолго и с ужасающими последствиями, как и было обещано.

Многие люди готовы поверить Кассандре, да она и сама об этом знает: стоит снизить плату за консультацию хотя бы вдвое, и они с благодарностью примут её советы. Но для этого Кассандра должна поверить себе – а она, как серьёзный деловой человек, глава «Агентства предсказаний возможного», не доверяет специалистам без дипломов и сертификатов.

Чудесные превращения Алисы

Уже неделю Алиса бродила по лесам, садам и паркам Страны Чудес. Голодной она не оставалась никогда: здесь, видимо, в благотворительных целях, принято было везде раскладывать пищу (пирожки, как правило) производства компании «Съешь меня!»

Алиса ела и чувствовала, что меняется. Она уже забыла, какой была до начала всех этих превращений, когда только-только попала сюда. Сначала Алиса просто росла или уменьшалась на произвольное количество метров и это было даже весело. Потом она стала изменяться целиком, и даже имя ее то теряло одну важную букву, то прибавляло целых две посторонних.

«Вот уже и полдень, – подумала Алиса, усаживаясь на пенек. – Пора перекусить. Что об этом думают мои спонсоры из "Съешь меня!"?»

Спонсоры не зевали – к ее ногам подкатился пирожок.

– Не ешь меня! – закричал он и даже замахал крошечными ручками.

– Это что-то новенькое. Если от пирожков «Съешь меня!» я становилась непонятно кем, то, может быть, вот этот снова превратит меня в прежнюю Алису?

Сказавши это, Лиса хищно облизнулась и проглотила Колобок.

Случай в электричке

Сухонькая аккуратная старушка входит в вагон полупустой пригородной электрички и привычно раскладывает на скамейках свой немудрёный товар: чтобы граждане пассажиры смогли с ним ознакомиться поближе и, может быть, польстились на него, хотя бы из вежливости.

– Что это, пепельница? – придирчиво осматривает товар толстая ленивая дачница, везущая в город целый рюкзак огурцов. – Мелковата. И разобьётся быстро. Мой кот как шуранёт лапой – так и не будет её.

– Это маленькая вазочка! – кричит девочка в бантиках. – Маленькая вазочка для маленьких конфет! Купи, папа!

– И вазочку не куплю, и конфет не получишь – у тебя на них аллергия, – флегматично откликается пузатый пивной папа.

– А я тогда маме скажу, что ты пил! – идёт на шантаж дочура.

– Боюсь, наша мама это и без тебя заметит, – грустно разводит руками папа.

– А у вас есть разрешение на торговлю в поезде? – дёргает старушку за подол будущий яппи, уже успевший обзавестись деловым костюмом, но по-прежнему катающийся на электричках.

Вместе с будущим яппи едет его девушка. На неё нужно произвести впечатление любой ценой.

– Да какая тебе разница? – улыбается девушка. – Что ты прям как у себя на работе! Прям деловой такой весь. Купи мне эту штучку, а?

– Нет, ты не подумай, что мне жалко, – отвечает будущий яппи. – Мне и не жалко вовсе, у меня денег много, в офисе всё же работаю! Просто если у неё нет разрешения на торговлю в поезде, то получается, что она не платит налогов. А если она не платит налогов – то значит, она обманывает государство! А если она обманывает государство…

– Помолчал бы, сопляк! – кричит на него дачница. – Много она от этого государства видела! Небось, не для собственного удовольствия торгует!

– Почему же не для собственного? – удивляется старушка. – И не торгую я вовсе. Так, думаю, может быть, кому-то понравится.

– Так это бесплатно? – возбуждённо кричат дачница, пивной папаша и будущий яппи и, не глядя, хватают ближайшие к себе тонкие вещицы.

Подтянутый дедуля с удочкой, будто бы невозмутимо дремлющий посреди этого гама, немедленно открывает глаза, осторожно берёт в руки то, что поставила рядом с ним эта удивительная старушка, и внимательно разглядывает.

– Так это же туфелька! – удивлённо говорит он. – Вы сами-то примеряли её?

– Нет. А что, так надо? – растерянно переспрашивает старушка.

– Давайте попробуем. Надо – так надо, а нет – так нет.

Весь вагон с интересом наблюдает за двумя сумасшедшими пенсионерами: она садится на лавку, снимает удобную тряпичную тапочку, важно протягивает вперёд ногу. Он встаёт на одно колено, осторожно примеряет ей хрустальную туфельку.

– Надо же – впору! – умиляется дедок. – Где-то тут ведь и вторая была…

Старушка надевает вторую хрустальную туфельку и моментально преображается: нездешнее платье, тонкие духи, сдержанный макияж, да и его рыбацкая роба становится идеально подогнанным костюмом, на зависть будущему яппи. «Как долго я тебя ждала». – «Ну так дождалась ведь».

Они выходят на следующей остановке, – и наконец-то живут долго и счастливо.

А электричка что же? Зелёные одинаковые вагоны вновь становятся «огурчиками, своими, только что с грядки», а её пассажиры – жуками-паразитами, которых с негодованием вышвыривает в окно толстая дачница, перед тем, как начать делать заготовки на зиму.

Ольга Лукас

ЗОЛУШКИ НА ГРАНИ

Редактор *А. Горбатюк*
Корректор *С. Климанова*
Компьютерная верстка *М. Югановой*

Подписано в печать 18.12.2006.
Формат 60х84/16.
Гарнитура «Swift LightC». Печать офсетная.
Тираж: 3 000.

Заказ № 0626270.

ИД «Гаятри»
113035, Москва, ул. Балчуг, д. 11
www.livebooks.ru

Отпечатано в полном соответствии с качеством предоставленного электронного оригинал-макета в ОАО «Ярославский полиграфкомбинат»
150049, Ярославль, ул. Свободы, 97